SHANGHAI LITERATURE & ART PUBLISHING GROUP

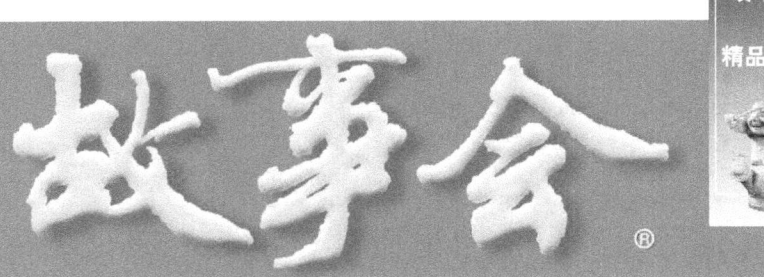

故事会
精品系列

传奇故事

I0529724

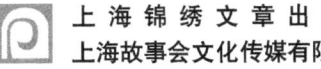上海锦绣文章出版社
上海故事会文化传媒有限公司

上海文艺出版（集团）有限公司

图书在版编目（CIP）数据

传奇故事 《故事会》编辑部编 – 上海：上海锦绣文章出版社
（故事会精品系列） ISBN 978-7-80685-785-4
Ⅰ．①传…Ⅱ．①故…Ⅲ．故事－作品集－世界 Ⅳ．I14
中国版本图书馆 CIP 数据核字 (2007) 第 113219 号

丛 书 名：故事会精品系列

书　　名：传奇故事

主　　编：何承伟

编　　委：何承伟　吴　伦　姚自豪　夏一鸣

责任编辑：刘迎曦　鲍　放

装帧设计：王　伟

责任督印：张　凯

出　　　　版：　上海锦绣文章出版社

　　　　　　　　上海故事会文化传媒有限公司

POD 海外发行：　中国图书进出口上海公司

　　　　　　　　电话：021－36357888

　　　　　　　　传真：021－36357896

　　　　　　　　地址：上海市虹口区广中路 88 号

　　　　　　　　邮编：200083

海外 POD 发行版本

目 录

善恶有报

奇特赛事

正邪较量

智勇联手

善　恶　有　报

善里经常混有恶，极端的善会变恶，而极端的恶变不成任何善。

深夜锣鼓响

清朝年间,有个名叫温怡然的富家子弟,他不爱读书,只喜欢游山玩水。

有一次,他来到了四川峨眉山,在万佛顶的一个寺庙里,与方丈见了礼,捐了香火钱,便在庙里住了下来,打算好好地在这里游玩几天,领略一番峨眉山的美景。

晚上,温怡然觉得很疲劳,用完晚饭后就早早上床了。时至半夜,一阵阵锣鼓声将他惊醒,他侧耳一听,声音是从后山传来的,时缓时急,很有节奏,好像是在唱一台戏。但奇怪的是,只听到锣鼓响,却不闻唱腔声。温怡然深感疑惑:这半夜三更的,山顶上怎么还有人唱戏呢?

锣鼓声吵得他心烦意乱,足足闹了大半个时辰才停止。

第二天早上，温怡然见到方丈后，便提起了昨夜听到锣鼓响的事，问方丈，是否庙后住有唱戏的。方丈摇摇头，说："不，这锣鼓每夜必响，已有一个多月了，我们曾经派人到后山去看过，但是人一去，锣鼓声就停，也见不到半个人影。这一来，人们纷纷谣传庙后闹鬼，许多人都吓得不敢来了，原本这庙里香火极盛，现在却变得冷冷清清的了。唉！"

温怡然听方丈这么一讲，笑笑说："啊，原来是鬼和菩萨唱对台戏呀！不是说佛法无边吗，你为啥不作法把鬼捉住或赶走呢？"方丈说："施主见笑了，老衲只懂念经修行，哪会驱鬼呀！"

和尚怕鬼，温怡然却不信这一套，倒要看看究竟是怎么回事。晚上，当锣鼓声又响起时，他带上小童出了庙门。他们不从正面走，而是绕道从山的侧面攀登而上，悄悄靠近锣鼓响的地方，在一块大石头后边隐住身子，探头一看，这才真相大白。

哪里有什么鬼？原来在一块平地上坐着四只猴子，正在起劲地敲锣打鼓，四周围坐着大大小小许多猴子在观看，当中一只大猴子在认真表演，只见它跟随锣鼓点子，迈着方步，用手在脸上一抹，现出一张红红的龇牙咧嘴的脸，又一抹，变成了一张浅蓝色文质彬彬的脸，再一抹，又成了凶相毕露的黑脸。

这天，月色明亮，看得格外清楚。温怡然知道这是川剧中闻名遐迩的绝活——变脸，可奇怪的是，一只猴子怎么能表演得这么好？他正在想着，只听"啊"的一声，胆小的小童被眼前的景象吓得晕倒在地。这自然惊动了猴群，眨眼间逃得无影无踪。

这一发现，使温怡然非常高兴，他决定一不做二不休，不惜代价，活捉猴子。第二天，他从山下请来了一些猎人，群策群力，在后山那块平地上设下了圈套，单等猴子来钻。可是猴子也很鬼，一连八个晚上不出来，锣鼓也不响。直到第九天深夜，猴子终于耐不住寂寞，又集中在后山那块平地上，敲起鼓打起锣，演开了变脸戏。温怡然闻声喜出望外，立即悄悄地靠了上去，按下机关,大网从天而落,把敲锣打鼓和表演变脸的猴子全都罩在了网里。

温怡然捉到这五只猴子,如获至宝,连游山玩水的兴趣也没有了,一天到晚不是精心喂养猴子,就是训练它们敲锣打鼓演节目。经过一段时间的训练之后,温怡然便联系剧院登台演出。想不到他这一招居然大受人们的欢迎,场场爆满。温怡然于是就带了猴子,从集镇演到县城,又从县城演到大城市,演到哪里,轰动到哪里。

这天,演出刚刚收场,一帮人来到后台,见了温怡然,其中一个穿绸缎长衫的人说:"温老板,我们是无事不登三宝殿,但也没有什么大事,只是想买你那只会变脸的大猴子。请你开个价,要多少钱?"温怡然连连摇头:"不,这猴子我哪能卖?你出价再高我也不卖。"那个人说:"温老板,你以为我见猴子会变脸,心里喜欢,所以要买?不,变脸我也会,而且比它变得好!我之所以要买,只是因为这猴子本来就是我养着玩的,几年前突然不见了,我曾着人四出寻找,找了好几年也没找着,想不到它却在温老板这里。你若不信,可看它的后脚,上面留有烙印。"

温怡然实在不敢相信真有这样的事,急忙抱起大猴子,细细一看,果然两只后脚上都有个红疤。这可怎么办呢?他思考良久,爽快地说:"既然这猴子是你的,那就应该物归原主。你带走吧,就算我送个人情,分文不收。"那个人说了声"多谢",接过大猴子骂道:"你这孽畜,看你往哪里逃!"说着,举起大猴子就向墙上狠狠地砸去,大猴子当场脑浆迸裂,一命呜呼了。那个人又向温怡然拱拱手,说声"告辞",便领着一帮人,扬长而去。

温怡然抱起猴子,伤心得大哭了一场。事后他才知道,那个打死大猴子的人是个川剧名角,他的绝技就是变脸。这变脸是他父亲独创,后来传给了他,是绝对保密的看家本领,决不外传,连练艺时都得关上门,不准他人观看。哪想这个刻意保守的秘密,却被他心爱的猴子偷学了去。猴子学会了变脸,就急不可耐地当着主人的面表演开了,主人看了很生气,将猴子一顿痛打,猴子一气之下,便偷了三张面具逃走了。

从那以后,猴子就不见了踪影,谁知道今天不期而遇,竟在同一个城市里和它原来的主人演开了对台戏。而且这猴子的变脸具有很大的吸引力,一下子就把它原来的主人——那个靠变脸绝技起家的川剧名角打得落花流水,惨不忍睹。这川剧名家哪里咽得下这口气,于是就带了一帮人上门要猴子,并当场砸死了它,既出了气,也消除了后患。

为这事,温怡然懊丧了好多天。这天他来到大猴子的坟前,跪下说:"你本来在峨眉山上自娱自乐,何等的快乐自在,我真不该把你捉下山来;更不该让你上台表演。早知是这样的结局,我怎么也不会把你让出去!我做了一件傻事,把你害死了……"后来,他把另外那四只猴子放回山中,并说:"去吧,今后好自为之,人心叵测,千万小心。"然后和小童一道回家了。

从此,温怡然不再看猴子戏,也不看川剧的变脸。这大概是怕触景生情,想起那只大猴子而伤心吧。

(曾凡洪)

(题图:黄全昌)

孝猴

清朝末年,有个外乡人流浪到四川巫山县大宁河镇,他在镇东柳林里搭个棚子,算作居室,靠苦力拉纤换一些吃喝。平时,他不和任何人来往,人们也不知道他的真名,因为他说话带外地口音,镇上的人都叫他"外乡人"。

一天,外乡人独自顺着河道拉一艘小船来到鹰子岩,只见一只鸟叼着什么从山上的一个石洞飞出,"当"的一声,鸟嘴里掉下一个黄澄澄的东西,正落在外乡人面前。外乡人捡起来一看,原来是枚金戒指,他放在嘴里一咬,软的,是真金,就悄悄地揣进怀里。

回到家里,外乡人翻来覆去睡不着,第二天,他就向镇上的一个老头打听,鹰子岩上的那个山洞是做什么用的。老头告诉他,那洞是藏棺材的地方,又称悬棺。相传很久以前,大宁河出过一个宰相,死后,人们从山上开了条路,把他的棺材埋在洞里。为了防止有人盗墓,人们就把洞口修成鼻梁状,修完后又把路炸了,这样,就是再高明的盗墓贼也不能进入洞内。

原来洞里埋的是个宰相!怪不得会蹦出个金戒指。可谁知道里面还藏有多少金银财宝?外乡人想到此,不禁心生盗墓的邪念。可蜀道难,难于上青天,看着剑鞘般陡峭的高山,外乡人一时也想不出什么好办法。

一天,外乡人正和一班人拉纤,发现山上有人扔石子打他们,抬头一瞧,原来是群泼猴。看着那群猴子在绝壁上打打闹闹,攀石附壁,行走如常,外乡人心里不禁一亮:何不利用这些猴子去山洞取宝?于是外乡人在家里做了个木笼子,安上机关和活动门,把它带上山。

到了山上,外乡人没过多久就发现了猴群,原来巫山一带山大人稀,人们视野猴为精灵,很少捕杀。外乡人在木笼周围撒上玉米,就径自下山。第二天上山时,木笼周围的玉米已经不见,外乡人就又撒上一些玉米。一连撒了十多天之后,他才将玉米投进笼里,然后就蹲在一边守候。不久,只见一只母猴带着一只小猴抓着树枝荡过来了,外乡人仔细一瞧,母猴的怀里还藏着一只几个月大的幼猴。母子三个蹲在树上,左右观察了一会儿,就跳入笼中,捡拾着玉米大嚼起来,一不留神,小猴触动了机关,门自动关上了。母猴"哦哦"狂叫,外乡人忙走上前,用一块黑布罩住木笼。猴子怕黑,吓得没了声响,外乡人于是就拎着木笼回了家。

到了家里,外乡人把布扯开的时候,一不留神被母猴抓伤了手。大猴野性十足,不好驯养,外乡人于是就把母猴抓出来,手起刀落,一刀把它给杀了,剥了猴皮。这时,恰有一个过路客商经过,就花了三个铜钱将猴皮买下。

看着母亲留下的鲜血，两只小猴吓得闭上了眼睛，瑟瑟发抖地抱在一起。外乡人给小猴取名为"大宝"，给幼猴取名为"二宝"，用铁链将它们锁住，每天训练，如果不听命令，就用鞭子抽它们。那些看热闹的乡邻见外乡人的鞭子上浸透了鲜血，纷纷骂他残忍狠毒。

在外乡人的严厉调教下，两只小猴已能接受外乡人的一些简单指令了。这天，外乡人正在家里驯猴，过来一顶轿子，从轿子上下来一个妇人，外乡人一看，正是县令夫人。原来县令夫人听说外乡人家里有两只乖巧的猴子，就想来瞧瞧。

见到县令夫人，幼猴二宝好像突然见到了救星，一下就蹿进县令夫人的怀里。县令夫人爱怜地抚摸着二宝，对外乡人说："这只猴子很乖巧，把它卖给我吧。"说完，也不管外乡人愿不愿意，扔下二两银子就返回轿中。见二宝要被带走，小猴大宝仰天长啼了两声，算是和弟弟作别。

一晃一年过去了，大宝长成了一只成年公猴，在外乡人面前也愈发听话，外乡人给它的指令，它都能得心应手地完成。外乡人觉得时机已到，就买了根长绳，带着大宝上了鹰子岩。清朝刑法规定，盗墓是重罪，抓住后要被处死。为了躲开行人，外乡人选择从山上动手。

外乡人用长绳拴住大宝的脖子，递给大宝一个口袋，指着藏棺山洞的方向，做了个装东西到袋子里的动作。大宝明白了，拎了口袋就往山洞方向跑去，外乡人就在后面放绳子。但绳子只放了二十多米就放不动了，原来山上多灌木，将绳子死死缠住，外乡人只好把大宝拉回来。

外乡人心烦意乱，密谋了一年的计划就这么完了？他不甘心。这时，大宝做了个动作，示意外乡人帮它把绳子解开，外乡人犹豫了。外乡人知道，这大宝聪明异常，如果解开绳子，无异于放虎归山。他想了半天，实在不愿一年的心血就此泡汤，决定赌一把,于是就把拴在大宝身上的绳子解开了。

大宝又向山洞跑去,一眨眼就没了影子。等了半个时辰,外乡人以为大宝跑了,正在唉声叹气,没想它咬着一件东西回来了。外乡人一看,原来是块尺把长、晶晶亮亮的玉如意,外乡人高兴得蹦起来,大叫"发财了"。

这天,大宝前前后后为外乡人拿回二十多件金银玉器,外乡人满载而归,回家后简直高兴得要发疯,他又打酒又割肉,高兴得喝了个酩酊大醉,连给大宝上锁都忘了,昏昏沉沉地倒头就睡了过去。

不料到了半夜,几个捕快来到外乡人的家里,将睡得死沉死沉的外乡人绑了起来,搜出他盗得的财宝,将他打入了死牢。

原来,大宝趁外乡人睡熟了,就拿了一块玉笏板来到县衙,找到弟弟二宝,让二宝将玉笏板送给县令夫人。县令夫人见猴子给她送礼,不由得大吃一惊,忙拿给县令看。县令见玉笏板正面写着"御赐",背面写着"祝宰相公六十寿诞",就知道是以前皇上御赐宰相的东西。县令是本地人,知道民间流传的"悬棺藏宝"的典故,问过夫人后,断定是外乡人盗了悬棺,当下就派捕快前去捉拿。

在证据面前,外乡人只好如实招供。原来,外乡人真名叫秦三,以前是个耍猴的,在家乡犯下命案,便逃到四川,在偏僻的大宁河躲藏。县令当即上报刑部,刑部依据《大清律》,判秦三剐刑,秋后处决。

到了秋天,大宁河已是寒风瑟瑟,许多百姓都涌到刑场看杀人,熙熙攘攘,如同过节一般。正要行刑时,有差人来报县令,说大宝和二宝死死地缠着一个看热闹的外地客商,把人家的外衣都撕烂了。县令早见过大宝和二宝的本事,知道这两只猴子颇有灵性,它们拦住那客商,一定是有什么隐情,就让差人把客商带来。

客商到时,县令见他的衣裳果然被猴子撕裂,露出里面的猴皮背心。客商交代说,这背心正是用一年多以前他在外乡人手里买下的母猴皮做的。

县令听罢感慨良久,让他脱下猴皮背心,交还到大宝和二宝手里。大宝和二宝捧着母猴皮,唏嘘良久,长啸一声,就蹿了出去。人们抬眼望去,只见它们一前一后,带着母猴皮,消失在大宁河边的青山之中……

（袁晓华）

（题图:黄全昌）

走出兽窟

　　城郊有个废弃了的地下防空洞，洞内住着不少流浪儿，他们互相之间不许叫名字，都有一个动物代号，所以被人称作"动物王国"。主宰洞内大权的，是一个代号叫"白狐"的女人，她用一种特制的香烟控制着所有"动物"，不怕你不乖乖听从命令。

　　"野猫"就是这个"动物王国"中的一员。因为父母离异，野猫愤然离家出走，在外流荡了三年。他整天就做一件事：用偷来的手表、钱夹、金戒指之类的钱财，到白狐那儿换取几支香烟。按白狐的话说，这叫"领赏"。其实，野猫并不想沦为"动物"，可惜等他明白这个动物王国其实是被毒品控制的偷盗团伙时，他已经被藏有"药"的香烟扼住咽喉，唯白狐之命是从了。他恨香烟，更想香烟；他恨白狐，又离不开白狐。白狐说过："进这个洞的都不是人了,是野兽。野兽干啥?野兽吃人!"

这一天上午,野猫出洞活动时,身后拖了一条小尾巴——一个新来的女孩。按照白狐的"旨意",野猫"出师"了,带女孩去见见世面,练练手脚。不一会儿,两人走进一家农贸市场,野猫摆出师傅的架势,对女孩说:"别紧张,干我们这一行,只要眼疾手快,没事!你在一旁看风就行……看风,懂不懂?"女孩似懂非懂,胡乱地点了点头。

野猫确实有一套"功夫",仅转了一圈就瞄准了目标。他刚把手伸出去,眼看目标的囊中之物就要到手,突然女孩发出一声惊叫,引起了目标的警觉,使野猫再难下手。野猫火冒三丈,正要兴师问罪,女孩先开了口:"你是……小偷?"

野猫一怔,感觉上好像被什么狠狠刺了一下,他装出轻松的样子说:"你才是小偷……我是小偷的师傅!"这下轮到女孩怔住了,她瞪着一双黯然失色的大眼睛,半天没说一句话。

接下来,野猫碰到了更大的麻烦,他几次要动手,都遭到了女孩的坚决阻拦。女孩说:"就算是小偷,也要当好的小偷,不偷好人,只偷那些坏蛋!"按照女孩的说法,老人不能偷,妇女不能偷,小孩不能偷,乡下农民不能偷……野猫看出来了,那女孩好像是一汪清泉,还没有遭到半点污染。野猫心想:也罢,正好趁机显显身手。他便说:"由你指定,你说偷谁,我就偷谁!"

可是,转了老半天,女孩始终没有指定一个目标。女孩说:"我看这些人全都是好人,一个也不能偷。"野猫哭笑不得,不过他觉得女孩很可爱,很像三年前的自己。

这一天,野猫一无所获,只好请女孩胡乱吃了两碗面条。吃完后,两人便聊天,野猫从中知道了女孩的大体情况:女孩家里很穷,父母是山里农民,一年挣不了几个钱,偏偏哥哥考取了县里的重点高中……为了供哥哥完成学业,她千里迢迢来到省城打工,不料被人拐骗,转手卖给白狐。白狐说为她找工作,没想到找的是"三只手"的狗屁"工作"……女孩说："你别教我，打死我也不会干这种事！你跟我哥一样大，你不应该是小偷，应该是高中生，是好人。"

面对女孩，野猫好像面对一面明镜，猛然照见了自己的丑陋。就在他羞愧地埋下脑袋时，女孩信誓旦旦地说："那个洞子不是好人住的地方，我要逃跑，你也跑吧！"野猫一惊："你要是跑了，我会被他们活活打死。你不能跑，我……我也不能跑。"女孩双眼迷惑："为啥？"

野猫有口难言，张了张嘴，打出了一个长长的呵欠……

野猫原以为女孩不过说说而已，没想到第二天下午，女孩转眼之间不见了，真的跑啦！野猫心想：糟了，徒弟一跑，我这个师傅不被白狐打个半死才怪呢！他赶到火车站，找遍所有地方，也没见到女孩的影子。他不敢回洞去，直到太阳偏西了，还独自坐在售票厅前的石阶上发愣。

冷不防，一个怯生生的声音从身后传来："大……大哥……"野猫扭头一看，呀，女孩就在身后，一双大眼里满是歉意。野猫大喜过望："是你！没钱买火车票吧？你跑不了！"

女孩一笑，说："不，我已经混上车了，又下来……你说过，我跑了，你会被他们活活打死的，我不想害你。不过，我还会再跑，一定！"女孩还说，她早就看见了野猫，一直默默地跟在他身后，看他太难受，才主动出来"投案自首"。

一股热辣辣的东西在野猫心中涌动，这就是"感动"吗？野猫已经很长时间没有这种感觉了，他惊讶自己居然还会感动。他用兄长的口气说："走，还请你吃面条！"

一连三天空手而归，野猫自然得不到作为奖品的香烟，得到的却是白狐的一顿臭骂："你小子好潇洒，领着小妞逛大街哪？别忘了你是什么东西！上，让这小子清醒清醒！"几个打手一拥而上，拳打脚踢，打得野猫鼻青脸肿，鲜血直流。野猫并不感到痛,三天没抽到那种香烟,白色幽灵早已在体内不断地抓他的心窝、撕他的五脏,浑身的血液火烧火燎,他恨不得一头撞向墙壁,撞个头破血流,那才叫痛快!

看到野猫毒瘾发作,白狐幸灾乐祸:"看你小子熬得了几天,不信你小子敢造反!"

这天夜里,野猫被毒瘾折磨得翻来覆去,难以睡着,迷迷糊糊之中,他听见一阵"窸窸窣窣"的响动,定神一看,只见睡在一旁的"猴子"蜷曲着身子,正往手腕上扎针……野猫大吃一惊,失口叫道:"猴子,你——"

猴子伸手捂住了野猫的嘴。猴子是野猫的好朋友,两人常常结伴"行动"。看眼前这情景,不说也明白,猴子"升级"啦,也就是说从抽烟到了注射!野猫不寒而栗,他为猴子担心,同时体内产生一种越来越强烈的渴望:"猴子,给我也打一针……"

黑夜过去,黎明又至,太阳又一次升起,野猫不得不出去寻找目标。一走出洞口,他就仰天咆哮:"今天一定得偷,得抢!"昨天夜里,猴子给他打了一针,往他的血液里注入了更强的兽性。

女孩被他的样子吓坏了,一声不吭地跟在后面。这一个上午,他频频得手。中午,他挑了一家高档餐馆,点了一桌好酒好菜,十分气派地对女孩说:"吃!"

女孩一动不动,双眼充满了怨恨。

野猫索性自个儿大吃大喝,不一会儿就满嘴醉话:"我知道,你嫌脏,你看不起我……我不是人,是野兽……我要偷、要抢、要吃人!"说不清为什么,他觉得酒发苦,菜无味,便赌气扔下一桌子酒菜,醉步跟跄地走了。女孩默默地跟在后面,像一个影子。走着走着,野猫突然看见大街对面一家珠宝店里蹿出一个人影,像一道瞬息即逝的闪电……天哪,是猴子!

一个腆着肥肚的胖子从珠宝店里追了出来,大叫大嚷:"抓小偷——"

猴子是有名的"飞毛腿",常人想抓住他根本不可能；再说，现在大街上的形势对猴子非常有利：人多车多，胖子的呼叫声在一片喧闹中根本没人理会；而且这一路段正好没有警察，前面不远处有一条小巷，只要钻进小巷就如鱼得水、万事大吉……眼看猴子已经跑到小巷口了，不料却见他身子一歪，竟莫名其妙地摔倒。野猫心里一阵抽搐：这是怎么回事？

野猫随着行人跑到巷口，一看，猴子已经死了，七窍流血，手里还紧紧攥着一串贵重的珍珠项链。胖子气喘吁吁地赶来，掰开猴子的手指取回项链时，发现了猴子手腕上的针眼，不觉失声惊叫："啊，是个吸毒犯！"

人群中一个游客懂得医道，他分析了猴子猝死的原因：一定是注射毒品过量，刚才一阵猛跑加速了血液循环，毒液攻心，气绝身亡。没有人同情猴子，周围只是一片叫骂："这种人，死了活该！"

"嗡"——野猫感觉到脑袋好像被猛击了一棒，一阵痛苦之后，他一下清醒了，一种兔死狐悲的伤感，使他在一瞬间萌发了一个念头。他一言不发，铁青着脸，默默地拉起女孩匆匆离开现场，拦下一辆出租车，叫司机直开火车站。女孩稀里糊涂，神色有些紧张："你这是……你要干什么？"

野猫已经没有时间说话了。自从看到猴子惨死后，好像是条件反射，他体内也跟着开始骚动，像有一群蚂蚁在咬他的神经，吸他的骨髓……他必须在头脑清醒的时候抓紧时间完成想做的事情，否则白色幽灵将扼住他的咽喉，麻醉他的神经，逼迫他改变主意，到那时他就身不由己了。

到了火车站，野猫买了一张火车票，塞到了女孩的手里。女孩突然明白了："大哥，你——"野猫没有吭声，他将女孩一直送进车厢，又掏出身上所有的钞票，这才艰难地说出了心窝里的话："这钱不干净，给你哥，拿去做……干净的事……"女孩热泪盈眶:"大哥,你也走吧,不然他们会活活打死你的!"野猫一笑,什么也没说。

火车开动了,女孩从车窗探出头来,荡气回肠地喊道:"大哥,你是好人,好人!"野猫心头一震,两行泪水从眼窝里缓缓淌下。火车开走了,他的心里也空空荡荡,体内好像聚满了蚂蚁,成了一个巨大的蚁巢。他知道时间不多了,必须咬牙坚持,完成最后一件事情!

野猫拔腿就跑,跑到车站外的电话亭,一摸衣袋,身无分文。守电话亭的汉子态度坚决:不交钱就不给他打电话。野猫的大脑已开始进入"倒计时",10、9、8、7……再耽误下去,他将会连那三个简单的阿拉伯数字也记不住……野猫拔出了刀子,"咚"扎到电话机旁:"给你,钱!"守电话亭的汉子惊慌失措,野猫趁机赢得了最后一点时间,抓起话筒,"嘟、嘟、嘟"按下了三个数字……所有在场的人都惊呆了,因为,他按下的三个数字竟然是——110!

完成了所有的"使命",野猫身子一软,重重地倒在电话亭边。几乎同时,一辆警车呼啸而来……

几天以后,白狐落入法网,动物王国也土崩瓦解。野猫则进了戒毒所,他决心脱胎换骨,重新做人……

（吴　天）

（题图:魏忠善）

含冤的鳖壶

　　川东大娄山深处，有个叫桂花岩的地方，那里住着一个姓周的草药郎中，他家有封刀接骨的祖传秘方绝技。到1949年的时候，在大娄山一带行医的，已是周家的第五代传人周书林了。

　　那天，周书林带着徒弟王成娃在山中采药，正遇上人民解放军的部队经过这里，向长江方向挺进，队伍源源不断，过了三天三夜……师徒两人回家的第二天，当地惯匪肖三麻子的队伍，在离周家十多里的黑风坪袭击了解放军的收容队。事后得知，解放军的伤病员几乎无一生还。

　　这天晚上半夜时分，周书林被家里小花狗的叫声惊醒，他举着灯笼打开门，忽见一个浑身血迹的人倒在墙脚边，那人用微弱的声音对他说："老乡，你别害怕，我是解放军，遭到了土匪的袭击,在这里休息一下马上就走……"

听说是解放军,周书林立即熄灭了灯笼,警觉地听了听四周的动静,这才轻轻扶起那人说:"你身上有伤,不能这样躺着,先进屋再说吧。"

周书林立即为解放军伤员作了检查,只见他的背部让弹片撕了一条五寸多长的大口子,都快露出骨头了;左臂中了一枪,只用撕开的衣袖在伤口部位绕了一圈,打了一个死结,血水仍然在不断地滴着。那解放军伤员蜡黄的脸上虚汗淋漓,牙齿紧咬着嘴唇,不肯发出一声呻吟。

周书林打心眼里佩服这条硬汉,赶紧让徒弟取来手术工具和一应药物,他嘴里含上一口特制的药汁,轻轻喷在解放军伤员的伤口上,血很快止住了,过了不多工夫,脸色也开始好转,可能是紧张的心情放松了,只见解放军伤员一直紧握手枪的右手一松,竟然昏睡了过去……

大约过了一顿饭的工夫,周书林为解放军伤员敷好药,用布条将伤口包扎妥帖,才将他摇醒。解放军伤员问周书林:自己得去追赶部队,怎么走法才安全。周书林见时间紧迫,说不定什么时候土匪会跟踪追来,就让徒弟王成娃抄山间小路将解放军伤员送走,自己留在家里,应付可能追来的土匪。

解放军伤员万分感激,临走时说:"感谢你们救了我,但我没有任何值钱的东西可以送你们,就把这只水壶留下作个纪念吧。"他说着,就取下了身上的水壶。

这是一种部队里用的水壶,褐黄色,用一指宽的带子系着,可以背着。它的形状像一只鳖,所以民间称为"鳖壶"。周书林知道士兵离不开鳖壶,便推辞道:"人有急难帮一把,是我家的祖训,这壶我不能要!"

解放军伤员执意说:"这水壶值不了什么,抵不上你们对我的情义,就算作个纪念,请你千万别嫌轻微了!"

周书林不好再推辞，只好收下。送走解放军伤员和徒弟王成娃，鸡已经叫头遍了，周书林心里一激灵，抓出一只大公鸡，提到离家一箭之地的天坑边，一刀宰了，洒了一地的鸡血。随即又掀起一块石头，在洒过鸡血的地方碾压一通，然后把石头滚下天坑，这样就使天坑边的草地上留下了一道明显的痕迹。周书林回到家里，望着桌子上的鳖壶，想了一阵，找来几张油纸，严严实实地裹上三层，藏到一个十分隐蔽的墙洞里，又在外面作了伪装，这才轻轻舒了一口气，躺到床上迷糊一阵。

周书林起床不久，果然土匪就搜寻过来了，一共来了四个人，一个个凶神恶煞的。为首的一个脸上有一道紫疤，他用枪逼着周书林，恶声恶气地说："有一个共军跑到你这里来了，赶快交出来，不然，莫怪老子不客气！"

周书林立即赔着笑脸回答："老总们莫发火，那家伙中了你们一枪，昨天傍黑时闯到我这里，我本想下了他的枪，也好到肖三爷寨子上去领一笔赏钱，不料见我要动手，那家伙就拼命向外跑，我追到天坑边，和他交上手，被我戳了一刀，结果他连人带枪滚下了天坑，真可惜……"说着，又领土匪们去看了现场。

这天坑是当地有名的水坑，悬崖峭壁，深不可测，跌下去哪里还会有活路？几个土匪没有看出破绽，便又到屋内搜查了一番，自然一无所获。最后，周书林给了他们每人一块银洋，才把这几个土匪打发走。不幸的是，就在这天傍晚，王成娃送走解放军伤员后，从大路赶回时，被设卡巡逻的土匪开枪打死了。

日月如梭，星移斗转，1950 年川东地区开始了"清匪反霸"斗争，那个"紫疤"土匪被解放军剿匪部队捕获了，紫疤土匪为争取立功，立刻检举周书林，说是听周书林亲口所言，那个解放军伤员是被他戳了一刀后跌下悬崖死去的。这样，周书林就成了谋害解放军伤员的杀人凶手。周书林被捕后，反复审查，没有确凿的证据，他本人又一直呼冤叫屈，于是他的案子就成了不明不白的悬案,公安机关只好将他关在监狱里监护。

一晃到了1971年,那时正是深挖"阶级敌人"的疯狂年代。一天,周书林的家被抄了,一帮人翻箱倒柜,砸碗掀盆,最后从墙洞里挖出了那只鳖壶,而且发现鳖壶上还刻着两个字:张胜!

一把普通的军用水壶,竟然在土墙里严严实实地藏了二十二年,这不是秃子头上的虱子?事情明摆着:那个被周书林杀害的解放军伤员就叫张胜,那把鳖壶就是张胜烈士的遗物……

几番拷打,几番逼供。要人证,当年的土匪"紫疤"还活着;要物证,刻着烈士名字的鳖壶铁证如山。周书林就是身上长着一百张嘴,也难以辩白这天大的冤屈!

深秋的一天,就在"张胜烈士殉难地"——当年那个天坑边,县里召开了严惩周书林的宣判大会。眼看周书林的脑袋就要落地,突然来了救星!

救星是新调任到此地的省军区陈政委,他还兼任了省军管会的主任,这次他到川东视察工作,偶然间听到了"鳖壶"的案子,一个电话救了周书林的命。第二天上午,周书林连同那只鳖壶,被一起送到了地区军管会。陈政委一夜没有合眼,早早等在会议室里。他接过送上来的鳖壶,小心翼翼地捧在手里,就像捧着一个熟睡的婴儿,目光一下定在壶上"张胜"那两个字上,颤抖着手抚摩着壶身。在场的人发现,他的眼里有些湿润,所有的人都屏住了呼吸,屋子里静得让人心头发慌。

陈政委终于平静下来,扫视了一下屋子里的人,严肃地说:"周书林不是杀人罪犯,他是功臣……但是,水壶的主人不是张胜,也不是我,他的名字叫郑兴武!"在场的人都听得目瞪口呆,全都伸直了耳朵,听陈政委解说事情的真相。

陈政委的老战友郑兴武,那时是团长。1952年,两人一起赴朝作战,在敌军的一次空袭中,郑兴武为了救一位朝鲜老妈妈,负了重伤,弥留之际,他突然拉着陈政委的手,断断续续地说着鳖壶的事。以往,郑兴武曾多次给陈政委讲了他当年被救的经过,并深深惋惜不知救命恩人的姓名和住址,此刻他临终嘱托,要陈政委无论如何帮他找到这只水壶,找到那位大娄山里的救命恩人……

听到这里,在场的人全都低下了头,但是大家的心里仍有一个共同的疑团:何以见得周书林家搜出来的这只鳖壶,就是郑兴武送的呢?

陈政委知道大家心里在想什么,便接着说:"这水壶上的'张胜'两字,其实是这么个意思:那还是在 1942 年冬天,郑兴武带领他的排,在冀西的张集,成功地伏击了日军的一支运输队,全排立了一等功,上级从缴获的一批水壶里,给他们排每人发了一只,作为奖励。郑兴武后来在他的水壶上刻了'张胜'这两个字,表示这是张集战斗的胜利品……"

听的人恍然大悟:"原来是这样!"

"他刻字的时候,是借了我的军刀,所以,除了郑兴武和我,没有第三个人能解释这两个字是什么意思。"陈政委说到这里,神色肃然,语气沉重起来:"所幸的是,现在我们找到了它,避免了工作中的一次重大失误……我有一副对联和大家共勉!"

陈政委说完,站起身,铺开一张纸,挥笔写下了这样一副对联:

人命关乎天,尤需谨慎
案情纷如麻,切忌粗心

(向大铁)

(题图:魏忠善)

老牛识途

　　牛福今年 58 岁,一儿一女相继考上大学离开了家,家里就剩他和老伴两个人,外加一头老黄牛。

　　老黄牛来到牛福家时还年轻,身强力壮正当龄,拉车犁地样样行,风里来雨里去,成了牛福的好帮手。时间一晃十多年过去了,如今牛已老了,牙掉了,力气差了,腿脚也不灵了,因此,有人劝牛福说:"这样的老牛还养着干吗? 不如趁早卖了,等死了就不值钱啦!"也有的说:"人家买去也是杀,不如自己杀了卖肉,可以多卖几个钱。"

　　牛福知道,这些人说的都是真心话,但他下不了这个狠心。他想:老黄牛跟了我十多年,没有功劳也有苦劳,现在它老了,哪能卖给人家去宰? 更不能叫人在我面前向它捅刀子。可是不处理掉又咋办呢？得给它吃给它住，还得一年三百六十五天侍候它。牛福一时拿不定主意了。

这一天，牛福装了一车麦子，打算运去卖掉，给上大学的儿女寄些钱去，让他们安心读书。他牵来老黄牛，套好车，又拍拍牛的脑袋，说："伙计，又要辛苦你啦，我虽然知道你的身体也很虚弱，但这拉车的事我无法代替，只有劳驾你了。你别着急，路上慢慢走，走累了就停下来歇一会儿，你看怎样？"老黄牛低下头，鼻孔里"嗤——嗤——"地喷气，意思是说："咱们谁跟谁呀，别客气。"牛福这才上了车，"那咱们走吧。"鞭子一扬，上了路。

一路上，牛福眯着两眼，不动鞭子也不吆喝，任凭老黄牛不紧不慢地走着。

老牛拉破车，速度毕竟缓慢，直到中午 12 点，才将一车麦子拉到镇上的粮站里，卸车、验收、过磅、结账，足足忙了半个多小时才完事。牛福将卖得的一千五百八十三元人民币塞进他那只拎包里，乐呵呵地驾车离开了粮站。

路过一家饭店时，牛福猛然想起该给肚子补充点东西了，于是便停下车来，走进饭店。一伙人正在吆五喝六地畅饮，这勾起了牛福的酒瘾，他真想痛痛快快地喝上几杯，喝他个晕乎乎的，往车上一躺，让老黄牛拉回家去，那该有多美！可是转念一想：今天身边带这么多钱，要是喝醉了丢了钱，回去怎么交代？再说，我在这里喝酒，让牛在外面干等，心里也过意不去。这样一想之后，他决定不喝酒，只是要了碗面条，三下五除二地将肚子填饱。嘴巴一抹正要走，眼一瞥，发现卤味柜里正放着刚出锅的猪头肉，油光光，热腾腾。牛福的口水一下子涌到了嘴巴口：这东西下酒，够意思！现在不能吃，买回去不也一样？主意打定，他当即买了两瓶六十度的"一江春"大曲，又称了两斤猪头肉，用食品袋一装，统统塞进了包里，这才心满意足地拎起包，出了门。上车以后，他对老黄牛说："伙计，这里没有你吃的东西，回去再好好喂你，咱们走吧。"

老黄牛似乎听懂了他的话，迈开四蹄踏上了回程路，依然是那样不紧不慢地走着。车子晃晃悠悠地跑了一个多小时，突然停了下来，只见老黄牛竖起耳朵昂起头，两眼死死地盯着前方，像是发现了什么情况。牛福抬头一望，前面是一眼望不到边的树林子。他想起来了，这地方曾经多次发生过拦路抢劫一类的事情，所以一到天黑，人们就不敢在这段路上走。可现在太阳还没下山，难道也有强盗？一想到强盗，牛福就想到包里那一千五百多元钱，想到那两瓶酒和两斤猪头肉。他紧紧地抓住拎包，情急之中，突然想到了装麦子的编织袋，急忙把手里的拎包朝那堆编织袋里塞去。这种装过麦子的编织袋，又脏又旧，强盗总不会要吧？

可是，等了好一会儿，却不见强盗的影子，牛福自觉好笑：大白天的，哪来的强盗，这不是自己吓自己吗？于是鞭子一挥，便赶着牛朝树林子奔去。

可他没防备，当车子刚进入树林子，便窜出来两个蒙面人，手持明晃晃的刀子，拦住了去路。其中一个瓮声瓮气地说："老家伙，快把钱拿出来，不然就要你的命！"牛福一看这阵势，顿时吓得冷汗直冒，哆哆嗦嗦地下了车，掏出口袋里的十几元钱递了上去，说："先生，我就这么一点钱，全给你们，请你们高抬贵手，放我一码吧。"强盗接过钱一看，骂道："就这点钱？还不够老子买一包烟，你哄孩子呀？"牛福忙说："我确实没钱，不信你们搜。"另一个强盗说："既然没钱，就连牛带车一起赶走。"

一听这话，牛福急得全身冒火，不知哪来的力气，一个箭步上前，死死拽住缰绳，苦苦哀求道："你们饶了我吧，这牛可是我的命根子呀！"可是强盗哪管这些，两人上去一顿拳打脚踢，将牛福打得倒在地上昏死过去，随后便跳上车子，挥起鞭子狠命地抽打老黄牛，车子很快在密林深处消失了。

也不知过了多少时间，牛福终于醒了过来。他睁眼一看，天已黑了,爬起来四处寻找,不见牛也不见车,他知道一切全完了,可有啥办法呢? 只得忍着伤痛,摸黑回家。

等牛福回到家,已经时近半夜,但家里的灯还亮着,老伴还在等他,老伴听他将途中遭到拦路抢劫的事一说,真是又气又急,忍不住泪流满面。

正哭得伤心,突然从门外传来"哞——哞——"的牛叫声。牛福急忙开门一看,哎呀呀,真是老天爷保佑,老黄牛回来了,车也回来了,乐得他拉开嗓门大喊:"老婆子,快来看,咱们的牛和车都在哪!"他三步两步冲出去,紧抱住牛头说:"老伙计,好样的,真是老牛识途,连夜赶回来啦! 看你浑身是汗,累坏了吧?"牛福说到这里,猛然想到那一千五百多元钱,连忙转身到车上去找编织袋里的拎包。哪想他伸手一摸,摸到的不是包,而是一个人头,吓得一声惊叫,逃回了屋里。待慢慢定下心来,他壮起胆子拿出手电筒一照,哎呀呀,车子上躺着两个死人。

这下,夫妻俩呆住了,半夜三更,拉回来两个死人,以后怎么说得清楚呢? 想来想去,最后决定还是立即向村干部报告。村干部得到消息,又叫来一些民兵,围上去细细一看,啊,不是死人,是两个醉倒了的酒鬼。

牛福这才定下心来,于是又到车上找,终于找到了他那只人造革拎包,打开一看,钱一分没少,只是那两瓶高度白酒和两斤猪头肉已无影无踪。看来,这两个醉鬼一定就是那两个强盗,是喝了他那两瓶白酒醉倒的。

为了查清事实真相,人们将两个醉鬼送进了派出所。醉鬼醒来后,不得不接受审查,交代犯罪事实。

原来他们打昏牛福后,挥起鞭子疯狂地赶着牛车,一口气跑出十几里地,可那老黄牛不知为啥,突然停下不走了,任凭鞭子怎么抽打,它就是不迈步。两个歹徒弄得满头大汗、筋疲力尽,也无济于事,只得停下来歇息,想等天黑再作打算。后来,他们七翻八翻,竟在编织袋里翻出个拎包,打开一看,有酒还有肉。这对他们来说,真是天上掉下个林妹妹,便饿狗扑食似的一人一瓶,抓起来就喝,三下五除二就将两瓶酒、两斤卤味猪头肉一扫而光。可他们没有想到那是六十度的烈性酒,再加喝得又过猛,所以酒一喝完人也倒下了,不一会就醉得不省人事。

就这样,这两个歹徒被拉回到家里,又被送进派出所里。

公安部门乘胜追击,顺藤摸瓜,挖出了一个拦路抢劫的团伙,来了个一网打尽。

在表彰大会上,牛福戴上了大红花,受到奖励。他把大红花挂到老黄牛的牛角上,拍着它的脑袋说:"老伙计,你还不老,咱们好好地为乡亲们再干点什么!"

从此,牛福对老黄牛更加爱护了,谁要是说他的老黄牛老了,或者是劝他卖牛、杀牛的话,他非瞪眼珠不行。

(作者:汪小弟;讲述者:吴文昶)

(题图:张恩卫)

奇 特 赛 事

一个本领超群的人，必须在一群劲敌之前，方才能够显出他的不同凡俗的身手。

神　箫

　　从前有个箫翁,他的真实姓名没人知道,人们只知道他从小就喜欢吹竹箫,很早就离开家乡,到处拜师学艺,二十年后回到家乡时,已是满头白发。

　　那一天,他缓缓来到坐落在小镇中心的聚雅茶楼,登上二楼,径直在靠窗的一个雅座落了座。这聚雅茶楼坐落在一片青翠竹林之中,楼前花草吐艳,禽鸟鸣啼,向来是小镇文人雅士聚会的好地方。茶楼二层靠窗的这个雅座,桌上摆设着紫砂茶具,墙上挂着名家字画,按着茶楼里的规矩,谁的才艺最好,谁才有资格在这个雅座安然落座。

　　所以那箫翁刚在雅座上坐下,茶楼里正在喝茶的那帮文人们便都把目光集中在他身上,毕竟是一个吹箫的,竟敢如此大模大样？有人甚至忍不住走过去，抱拳说："这位兄台，雅座早已有主人了，请你换个座位如何？"

那箫翁淡淡一笑，回敬道："我就喜欢在这里坐！"说着，他举起竹箫，凑近嘴边，就吹了起来。那箫声回环流泻，清脆悦耳，时而如潺潺流水，时而似飘飘细雨，一下子把茶楼里的客人们都吸引住了。一曲奏完，人们都围上来啧啧夸赞："好箫声，好箫声！"

"箫声虽好，能比得上我的山水画吗？"说话的是一位长须书生，大家见他到来，纷纷让路。原来他就是大家公推的茶楼雅座的主人，小镇上有名的山水画家。

箫翁知道，茶楼里除了比艺论雅座主人外，还有一条不成文的规矩，就是后来者谁想坐雅座位置，就必须要应对完成前任主人出的考题。所以，箫翁抚摸着晶莹如玉的长箫，直截了当地对山水画家说："请出题吧！"

山水画家想了想，说："若你能凭箫声擒住北山中的猛虎，我就自愿让位，从此不上茶楼。"众人一听这题目，都暗暗替箫翁捏了把汗。原来最近镇外北山上有一头猛虎频繁出没，袭击行人，弄得小镇上人心惶惶，官府招募猎户，结队上山捕杀，可这猛虎十分狡猾，大队人马来时它便躲藏起来，等大队人马回去休息，它又伺机出击，官府对它毫无办法。

箫翁沉默良久，站起身来，朗声说："好，这个考题我接下了。我就凭我这支箫，再加上两位勇士，就能降伏恶虎。有谁愿意随我同去？"

大家面面相觑。这时，正在茶楼喝茶的两个猎户站了出来，他们都有亲人死在恶虎的虎爪下，听箫翁神情如此坚定，猜想他或许会有什么神法，便把心一横，道："我们跟你去！"

三个人立即出发了。到了山上，只见草木深深，耳闻林涛阵阵。走了一阵，两个猎户指着地上的一堆粪便，对箫翁说："看，这正是恶虎的粪便，这么新鲜，它一定就在附近！""好！"箫翁说，

"你们做好准备,我一把它请出来,咱们就一起把它干掉!"两名大汉笑道:"好啊,你有本事,就把它请出来吧!"

萧翁二话不说,拿起萧来就吹。只听那萧声时而似呜呜虎啸,时而似低唤撒娇,又似在柔语催促,原来萧翁模仿的竟然是母虎寻找伴侣时的声音。很快,树丛里就有了响动,好像有什么庞然大物匆匆越过树丛冲过来。萧翁说:"你们做好准备!"接着又不断地吹萧,两个猎户也提足了精神。

一阵腥臊风过,突然,一头花斑大虎随着呜呜萧声出现了!它圆睁着铜铃大眼,原本是寻觅母虎来的,可出现在它眼前的是三个人,哪有母虎的影子?它顿时气得竖起了全身的硬毛,作势就要猛扑过来。两个猎户虽然都握紧了长矛,但心里其实已经慌了神,看这花斑大虎的气势,只怕是制不住它!

说时迟,那时快,只见这时候萧翁运足中气,猛地把萧贴近嘴边,长萧立即发出一声天崩地裂般的巨响,好似天地间突然轰隆隆炸响了一声惊雷!顿时,那花斑大虎惊得一下子缩退了身子,不敢动弹。萧翁趁此大吼一声:"上!"两个猎户相跟着就扑了过去,两支长矛几乎是同时狠狠刺进了花斑大虎的身子,只听它狂吼一声,纵身跃起,旋即就重重地落了下来,污血飞溅。

两个猎户兴高采烈地扛着花斑大虎的尸体,跟着萧翁凯旋而归。整个镇子都轰动了,人们朝萧翁一阵狂呼:"神萧!神萧!"从此,萧翁就坐稳了聚雅茶楼的雅座位置,只要萧声响起,总会吸引一大批人在楼下静静地聆听。

可是渐渐地,人们发觉越来越少听到萧翁吹萧了。是啊,神萧怎么能随便吹给人听!萧翁每天只是在茶楼的雅座里坐着,慢慢地品茶,品完茶,再慢慢地回去。很多慕名而来的人想听听他那神奇美妙的萧声,可他总是摇头;很多年轻人想拜他为师,学习萧艺,他也总是婉拒。时间长了,众人一提起他,都摇头。

忽一日,茶楼里来了一位少年,客气地向众茶客打听:"听闻有位箫翁,吹箫如神,不知哪一位才是?"有人指给他看,他便走到箫翁面前,深深作了一揖:"箫翁,您好!"

箫翁抬眼打量了他一眼,"唔"了一声。

少年说:"在下姓杨名生。久闻箫翁大名,今日特来相会,想请箫翁赐教一二!"

箫翁鼻子里"哼"了一声:"哦,你也会吹箫?"

杨生恭敬地说:"不敢当,皮毛而已。还请箫翁吹奏一曲,能让我听听神箫之声!"

"哈,"箫翁傲慢地摇摇头,"我的箫声你听得懂吗?"

杨生笑着点点头:"能不能听懂,得听了再说。不过,我这次来,其实就是想和您比一比的。如果您输了,这雅座以后就该我坐了!"说着,他解下肩上背着的包袱,从里面取出一支箫来。这箫比箫翁那长箫要短小得多,是一支精致的瓷箫。

箫翁一看杨生这气势,气得脸上泛起了红晕:"你小小年纪,真是不知天高地厚。好,比就比!我不出题,免得你说我欺负小辈。你自己说,怎么比吧?"

杨生顺手一指窗外竹林中婉转鸣叫的鸟儿,说:"我们各自吹箫,看谁的箫声能把这些鸟儿引到茶楼里来,就算赢。怎么样?"

箫翁大笑道:"这有何难?哈哈,我还以为你要出什么难题呢!"

这时,茶楼里已经挤满了人,但都鸦雀无声,只见箫翁举起长箫,缓缓吹奏起来,顿时,洪亮的箫声就在茶楼里飞扬起来,从窗子里直向外飘去。窗外的鸟儿们都被惊动了,随着箫声飞鸣不已,但是却没有一只飞进茶楼的窗口。

轮到杨生吹奏了,他微微一笑,把瓷箫贴近嘴边。只听一缕尖细的声音袅袅传出,顿时,那窗外的鸟儿们就欢跃起来,应和着箫声仿佛在一问一答。此时,杨生的箫声更加细腻了,逗引得鸟儿们一只只从窗外直飞进茶楼来,绕着杨生旋转飞舞,曲终乐止,鸟儿们这才四下散开。茶楼里的人们如梦初醒,轰然击掌大叫:"好!"

箫翁羞得脸红耳赤,把长箫往地上一丢,欲踩个粉碎。杨生慌忙拦住,捡起说:"您老请千万别介意!"他扶箫翁重新落座,自己一头跪倒在地,说,"请您老听我把话说完……"

原来杨生也酷爱箫艺,认真学过很多年,他一直想拜箫翁学艺,但知道箫翁不会收下他,便想法设计了这场比试。论箫艺,杨生其实并不如箫翁,但他会动脑筋,特地选用短小的瓷箫,发声细腻,与鸟鸣相差无几,自然比箫翁那发声洪亮的神箫更能吸引鸟儿了。

杨生恳切地求箫翁说:"师傅,您就收下我这个学生吧,我一定要好好地把您的这一门绝艺传承下去。"

在场所有的人都为杨生的求学精神所感动,一起替杨生向箫翁求情。箫翁从杨生身上看到了自己当初拜师学艺的情景,不禁愧疚不已,连连点头说:"好,好,我答应你,收下你这个徒弟!"

从此,茶楼上时时飞出悦耳的箫声,小镇上的人们大饱耳福……

(马大勇)

(**题图**:黄全昌)

斗 茶

　　紫溪县上"仙客来"茶馆是个名闻遐迩的百年老铺,老板姓陈,是城里首屈一指的老茶师,甭管什么品种的茶,也甭管茶好茶次,他只要抓一小撮放在掌心轻轻一拨弄,看上几眼,凑在鼻子上闻闻,不用开汤,就能判断个八九不离十,没有人能以次充好或冒名顶替蒙过他。陈老板进货把得严,出手又公道,所以茶馆信誉非常好,生意自然红火。

　　这天,茶馆里来了个精瘦的小老头,头顶大斗笠,脚穿土布鞋,一身手工缝制的黑布衣,打扮非常扎眼。只见这人进店后东瞅瞅西看看,直到走到一个标明"水仙茶"的茶罐前,才停住了脚步。他观看良久,又揭开茶罐盖,抓出一撮在手掌中抚弄一番,然后招呼伙计,大声发问:"你这罐里装的真是'水仙茶'?"年轻的伙计看他是从山旮旯里来的人,便没好气地回了一句:"那罐上不是明写着么!"瘦老头便说:"这茶有假!"他这一喊,不但店伙计,连满堂的顾客都为之一惊。店伙计气势汹汹地问:"你凭什么说这茶是假的?你也不打听打听,我们'仙客来'开店百年来,什么时候卖过假冒茶了?"瘦老头和伙计一来一往,互不相让,声音也越来越高,惊动了在里屋的陈老板。

陈老板端着盖杯,不慌不忙地走到瘦老头跟前,喝退伙计,上下打量老头一番,见此人不像是来找岔的下三滥,便和颜悦色地说:"老哥,从哪里来?怎么称呼您?"并示意伙计给老头让座、上茶。老头也不谦让,一屁股坐下,端起盖杯,先不忙着喝,而是徐徐转动杯盖,然后翻起杯盖,凑在鼻子下闻闻,才轻轻含了一小口茶水,舌尖在嘴里搅动着,半晌,才徐徐咽下,张口说话:"这茶还行,谢啦!"陈老板看他那品茶的姿势,又把这上好的"铁观音"说成"还行",就知道遇到了内行,便不再说话,等他开言。老头慢慢喝了半杯茶,火气降了下去,才说:"我是鹰嘴岩的孙达先,人家都叫我'茶仙'。"一听"鹰嘴岩"、"茶仙"这两个词,陈老板心里一震:今天算是遇上高人了!

原来,这个鹰嘴岩离县城一百二十里,是县城最北角戴云山上一个不足五十户人家的小自然村,平均海拔九百多米,终年云雾笼罩,是全县乃至全省最著名的水仙茶产地。这里出产的水仙茶,叶片肥厚,叶形宽大,肉质好,极耐泡水,陈老板就是用这里采摘的鲜茶叶,经过他特殊的晾、炒、烘、焙等技术制作成"水仙茶饼",连年在各级茶叶评比中拿头奖,在博览会上争得了"水仙茶王"的金招牌。陈老板几次有心到产地考察,但碍于七十里陡峭崎岖的山路,都没有成行。眼前这个茶仙,他早有耳闻,每年自家产的茶叶必定亲手焙制,堪称水仙茶的王中之王,然后分送亲朋好友,逢上有些要跑门路的人,任你出多高的价他也不卖。想到这一层,陈老板不觉对眼前这位茶仙多了几分敬意。

陈老板相信茶仙对茶的评判自有他的眼光，但是自己的经营又绝对是正宗路子，茶仙怎么这么肯定自己茶叶有假呢？陈老板小心翼翼地开口道："请教茶仙，您怎么看出本店的水仙茶有假呢？"茶仙从刚才的茶罐里抓出一小把茶叶，摊放在茶几上，用手指拨拉着说："你看这条索！"

茶仙这话一出口，陈老板顿时长吁了口气。原来，通常采摘的水仙鲜茶为"三叶一芽"，加工后的茶干条索粗大，呈深褐色；而陈老板这里的茶干条索细小，呈黑褐色。其实，茶仙有所不知，这是陈老板在茶叶的加工工艺上作了创新，改变了茶叶的外观。陈老板心知自己胜券在握，便不动声色地说："茶仙师傅，要不要开汤一观？"所谓"开汤"就是"冲泡"，因为任何茶叶一经冲泡便会"原形毕露"，这是陈老板有意搬张梯子让茶仙下台阶。谁知茶仙却十分自信，傲然说："不必了！"事已至此，陈老板只好撕茶仙的脸皮了，说："还是开汤看看保险！"他边说边将茶几上的茶叶放进盖杯，要来滚烫的开水，一冲，一洗，再冲，盖住片刻，然后打开杯盖，让茶仙瞧个仔细。

在陈老板将开水冲入茶杯时，茶仙就感到今天要栽了，因为他立马闻到一股淡淡的桂花清香，这是水仙茶特有的香味。等陈老板掀开杯盖，茶仙往杯里一瞧，只见一杯金黄、透明的茶液，闪动着琥珀光泽，更确定是水仙茶无疑了。

陈老板用两指拈出一茎茶叶，递到茶仙面前，说："老哥，你可看好了。"茶仙羞愧满面，"蹭"地站起来，双手抱拳，连赔不是："陈老板，对不起，是我有眼无珠，坏了你的名声。可是……""可是这水仙茶的条索怎么这样细小，是不是？"陈老板猜透茶仙的心思，接过话头说："这就是本店加工的奥妙了。这水仙茶虽然品质优良，但加工后外形粗糙，让人有粗老之嫌，我就在加工工艺上作了研究和改进，连老哥这样的茶博士也看走了眼，是在情理之中嘛！"茶仙这才恍然大悟，不禁感叹道："我种了一辈子茶，做了一辈子茶，没想到却在陈老板这里出了丑！如果陈老板肯移动贵步到我家，能在一炷香内喝下我泡的一盅茶，这世上的茶仙就是陈老板你了。"他说完，又一次向陈老板一抱拳，随后头也不回地离店而去。

节令"谷雨"刚过，正是新茶登场的时节，陈老板惦记着茶仙下的"战表"，也想一了到产地考察的心愿，于是就带了一名伙计，往鹰嘴岩赴"一盅茶"之约。

从县城出发，搭乘班车，走一个半小时就到了枫林乡，再往前就只能靠步行了。这七十里山路可走苦了陈老板，所幸他体魄强健，加上沿途密林修竹，山花烂漫，风光绝佳，使陈老板忘却了劳顿。等到了鹰嘴岩村时已是傍晚了，向村里人一打听，很快就找到了茶仙的家，这是一座依山傍塘而建的平房，房后一片苍翠的石竹，房前种着山里人家很少有的几株山茶花。茶仙听到响动，早迎出门外，见了面，还是一拱手，说："我就知道陈老板一准来！"遂迎客进屋，吩咐老婆准备晚饭。

天断黑的时候，陈老板他们被茶仙一家请入席。菜是一色的深山野味：大蒜炒腊山獐肉、猪肉炒野生梨菇脯、石蝾闷大蒜瓣、山猪蹄筋炖板栗，外加一大盆山鸡红菇汤。这一餐饭，吃出了陈老板从来没有过的好胃口。

吃完饭，茶仙招呼客人洗完澡，这才说："陈老板，今晚就请你试试我这盅茶。"陈老板小有醉意，张口便说："喝三缸五缸水我陈某不行，要说连一盅茶都不能喝，我还算是个卖茶人、饮茶人吗？"茶仙补充道："是一炷香内喝完一盅茶。"陈老板笑而不语。

茶仙搬出一张茶几，几只矮凳，置在屋外空坪上，又端出一批被茶垢糊得看不出本色的大小茶壶和各式茶盅。然后拎出一个有些年头的黄铜大茶壶，灌上从后山泉眼里接来的泉水，放在硬炭烧红的炉上烧着。

其时,月色溶溶,林静山空,岚烟四起,暗香浮动,让人清心寡欲,如入仙境。铜壶的水已烧开,茶仙拎起铜壶,先倒去一些水,再将铜壶放回炭炉上开着,然后取出一锡罐,用木勺取出一些黑黢黢的细茶,放进一个中型茶壶内,装满近半壶的茶叶,才将铜壶中滚烫的水冲入。稍候,茶仙将茶水筛去,再冲入开水,约一支烟工夫,才将茶水筛进一个巴掌大的小壶,从炭炉上取下铜壶,将小茶壶放上烧开,又用木勺从一个更小的锡罐中取出一些如鼠粪大小、白毛毛的东西,放进小壶,在炭火上煎熬。约一刻钟,取下小壶,用开水烫过4个小茶盅,往往返返,逐一筛上,不多不少正好四盅。然后,茶仙燃起一炷细香,说声:"陈老板,请!"

陈老板也算是饮茶场面上的人了,可像这等泡茶方法,却是平生头一回见识。他端起如田螺般大小的茶盅在月光下一晃动,但见满杯闪亮着琥珀般光泽,盅沿立马留下一道厚重的茶痕。陈老板极小心地抿了一下。只这一下,顿时让陈老板叫不出声来,就仿佛舌尖舌根、腮帮喉头被注入一剂麻药,立刻僵硬得失去了知觉,整个脸面忽地觉得肿胀起来。过了好长时间,口腔才有一股铁冷的感觉,这种感觉逐渐又变成一股凉丝丝的液体,从喉头直达心肺,舌头、喉头这才得感松动,"啊"出了声。谁知这一声"啊",又带出一股浓郁的桂花香味,直喷席间。陈老板继而搅动舌头,但觉满口生香,甘醇四溢,津液奔涌,如一盅接一盅喝着上好的香茗。待这一阵感觉减弱后,看那炷细香已燃去三分之一,再看盅中茶水仿佛未减分毫。第二口再饮时,陈老板已不敢用嘴唇去碰,只拿舌尖稍稍沾了沾茶液,感觉依然如前……就这样舔一舔、歇一歇、一炷香燃尽,盅里尚有小半盅茶液,而陈老板已觉着好像喝下几大壶茶水了,身轻体爽,目明脑清,甘甜回荡,口齿生香。

陈老板对茶仙一抱拳,说:"茶仙师傅,我服输了!我开了几十年的茶馆,饮过无数好茶,都不如茶仙您这一盅呀。今天我才知道,过去都只能算是饮茶喝水,而这才叫真正地品茶。"

茶仙一听,笑言:"陈老板可愿听我说说这茶的来历? 我用的第一次茶,从锡罐里取出的那黑黢黢的细茶,是在'谷雨'时采的'一叶一针',似这等采法,茶树产量要减少三分之二;第二次下的'毛尖',就是那白毛毛如鼠粪大小的东西,是我从种在鹰嘴岩岩缝中八棵上好的水仙茶树上采下来的,那是在清明后三天采的嫩芽。偌大的八丛茶树,拢共收不到半斤茶干,而且一年我就只采这一次。你说,有谁会像我这样做茶? 我做的这点茶,只能与识茶人品尝玩味,这种情致,岂是钱能买得到的? 所以,我从来不卖茶。"

两位茶道中人,你一言我一语,从种茶、制茶谈到茶与人生,谈得十分投缘。陈老板原先打算住一个夜晚就下山的,却一连住了三天,夜夜无眠,与茶仙直谈到东方吐白。临行前,陈老板再三邀茶仙合伙经营"仙客来"茶馆,聘其为茶师。茶仙以自己是性情中人、不善经商为由,坚辞不受。

许多年过去了,陈老板不管茶馆生意多么兴旺,每年"谷雨"过后新茶登场时节,他都要进山与茶仙聚聚,喝一盅茶,聊三五天话,两人从此成了莫逆之交。

(侯希辰)

(**题图**:箭　中)

牛仗人势

说到斗牛啊，人们最容易想起来的就是西班牙的人牛大战。

可是大牛乡的农民却不这么认为。他们常说，人斗牛是假斗，牛斗牛才是真斗。可不，大牛乡的牛乡长成为乡里的一把手之后，为了进一步搞活"牛经济"、扩大大牛乡的知名度，亲自策划了一年一度别开生面的"斗牛节"。

每年的秋冬季节，正当柿红橙黄、牛肥羊壮之际，乡政府就适时下达通知，要求全乡二十个自然村，各自从本村挑选一头膘肥体壮、能顶善斗的大公牛，赶往指定地点参加"斗牛节"。为了激发各村的参与热情，乡政府还在通知中明确指出，凡获得本年度牛冠军的村子，不但可以当场拿走 5000 元的奖金及烫金证书，同时也将拥有全乡优化品种牛 50% 的指定配种权。这个附加条件可是一个相当诱人的土政策,谁都知道,一旦拥有了冠军种牛,就等于喂养着一个会屙金尿银的活财神。

斗牛节的赛场选择在距乡政府不远处的一片大河滩上,这里地势平坦,沙砾松软,非常适合强悍的公牛角逐奔跑,闪展腾挪。按照比赛惯例,获得上一届牛冠军的种牛必须上场充当擂主,接受其他种牛的挑战,谁能战败擂主,谁就将成为当年的牛冠军。

最先上场的是伏牛村村长马立虎,他手里牵出的是已经连任了两届冠军的大种牛"黑旋风"。这黑旋风头上长着一对粗壮有力的开山角,身长9尺,身高6尺,前膀上长着一堆脸盆大小的肌肉坨,外透着一股无坚不摧的霸气,它的四只牛蹄看上去足有小碗般大小,往沙滩上一站,稳如泰山。

马立虎拉着黑旋风在角逐场上刚刚站定,牛乡长就手握电动高音喇叭喊道:"擂主伏牛村的黑旋风已经上场,有谁敢来挑战?"

话音刚落,牛角村村民胡二刁便牵着一头毛色金黄的大公牛上阵了。这大黄牛显然是初出茅庐,不知两届擂主黑旋风的厉害,绳子一解开,它就不停地在沙滩上挠蹄、扒坑、扬沙、磨角,焦躁地向不远处的擂主黑旋风挑战示威。这黑旋风接到大黄牛发出的挑战信息之后,膀子处的"劲子肉"瞬间向上凸起,很快就摆好了蓄势待发、克敌制胜的斗势。

再看那大黄牛,磨完角后,扬蹄抬腿,一溜小跑就向黑旋风正面发起了冲击。黑旋风见对手来战,不慌不忙、沉着稳重地迎着大黄牛的额头就奋勇顶撞上去。两头牛很快缠在了一起,相互顶撞着,试探着对方的力量。

两者一推一顶,一来一往,两个回合下来,经历过专业斗牛训练的黑旋风很快就摸清了对方有几斤几两的蛮力。第三个回合的时候,黑旋风开始转守为攻,顶得大黄牛节节败退。这大黄牛一看自己不是对手,刚想掉头逃跑,却不料黑旋风将脖颈一转,一个狮子大摇头,用一只角对准大黄牛的脖子一摆、一掀,就听"哞"的一声惨叫,大黄牛一个仰八叉跌倒在沙滩上。

牛乡长一见,连忙吹响口哨,身边两名负责斗牛安全的年轻小伙子立即手舞火把冲上前去,迅速逼开了黑旋风。大黄牛的主人便连忙上前,将自己那头战败的种牛拴上绳索,牵出了斗牛场。

接下来,牛眼村、牛鼻村等参赛代表纷纷上去参战,都想趁热打铁,一鼓作气战败擂主。岂料那黑旋风久战沙场,经验十足,且愈战愈勇,牛劲冲天,仅两个小时,就斗败了上午前来参赛的所有种牛,取得了上半场比赛的全胜战绩。

下午3点,赛场上报名参赛的斗牛代表仅剩下最后一个名额了。随着牛乡长的一声呼喊,牛尾村代表黄大山牵着一头身材高大的大花牛,不紧不慢地上场了。与别人不同的是,黄大山上场时,手里还提着一个精制的小拨浪鼓,他将大花牛赶进圈子之后,迅速退到旁边,并举起了手中的拨浪鼓,轻轻一摇,"咚咚咚"鼓点清脆急促地响了起来。

大花牛听见鼓点,立即昂首四盼,精神倍增,它一个斜冲,快似闪电,疾如劲风,猛地向黑旋风发起了攻击。不知是大花牛求胜心切,还是黑旋风久斗后精疲力竭,这大花牛一出场,就锐不可当,一路向前狂顶,直逼得黑旋风节节败退,蹄下的沙滩都被刨出了两道深深的壕沟。

马立虎一见,不由得大惊失色!眼看着自己的黑旋风三连冠已经胜券在握,却不料最后竟杀出一个强敌来。瞧那大花牛的攻势,绝非等闲之辈,看来对方是蓄力已久,专等黑旋风体力消耗殆尽之时,来个以逸待劳,好轻轻松松地将本年度牛冠军的位子拿走。

为了挽回场上的败局,马立虎也迅速从身上拿出一个弯弯的牛角号,放在口中"呜呜呜"地紧吹起来。原来啊,这牛角号一共有三种吹法,分别代表三种含义:进攻、后退、全力搏杀。马立虎这一吹果然见效,赛场上的黑旋风听到主人发出进攻的号角声,立即全力反击,摆头刺角,不断向大花牛发出强劲的攻势,想迫使对方后退。

那大花牛当然也不肯后退半步,于是两头公牛就在这空旷的沙滩上拼尽全力对抗着。

围观的村民们见黑旋风终于遇上了对手,便齐声呐喊,高声叫嚣着,为两头势均力敌的猛牛助威。牛乡长一见,也连叫:"好好好,有好戏看喽!"他边叫边聚精会神地关注着比赛的进展情况。

俗话说"狭路相逢勇者胜"。为给自己的种牛助威,马立虎憋足劲儿猛吹进攻的号角,黄大山也拼命地摇动着手中的拨浪鼓。沙滩上,两头顶角的公牛已经斗红了眼,双方左顶右撞,牛角在交汇磕碰处不停地爆响,"噼啪"之声不绝于耳,两条牛的牛鼻孔处都汗水津津,白气四喷,八只大蹄下沙尘飞扬。

转眼间一个多小时过去了,双方仍然未分输赢,打斗得难分难解。

牛乡长正伸长脖子、瞪大双眼看得有劲,突然一阵手机铃声响起,让他大扫兴致。他掏出手机看了一下号码,便不耐烦地摁了一下,对着手机向自己的老婆吼了起来:"我正在看斗牛呢,你打电话来添什么乱!"

也许是赛场上人声鼎沸,根本听不清老婆的讲话,牛乡长开始捂着电话不停地向僻静处转移。等他转回来时,见沙滩上两头种牛依然在你死我活地顶斗着,便一把夺过马立虎手中的牛角号,变了调地大吹起来。

牛角号音一变,黑旋风像听出了什么指令,开始撒腿后撤;而已经斗红了眼的大花牛哪里肯放过劲敌,紧紧咬住黑旋风后撒的时机,向前一阵狂顶,瞬间将黑旋风顶出了数丈开外。

众人开始狂呼:"黑旋风不行了!""黑旋风要输喽!"

马立虎一见,急了,大叫一声:"牛乡长,你吹错啦!"他一把夺过牛乡长手中的号角,握在手里一阵紧吹。

黑旋风听得主人进攻的号角声再次响起,当即站稳阵脚,全力反击。刚才,这黑旋风让大花牛逼得想顺利败下来都不行,正憋了一肚子气没地方撒,忽听主人强攻号令再起,当即一声嘶鸣,身如开弓张弩,稳住四蹄,继而瞪着血红的牛眼,一路向前猛顶狂推。赛场上的形势再次逆转,大花牛蹄下大乱,开始急速向后败退。

牛乡长一见,立刻从马立虎手里再次抢过牛角号,可慌乱之中却错吹出了急怒狂杀之音。这一来,黑旋风双目如血,杀气陡生,一个斜冲向大花牛腹下的致命穴顶去。大花牛闪避不及,腹下被撕出了一个血红的大口子。

牛乡长被眼前的场面惊呆了,他扔掉手中的牛角号,吹响了紧急控制场面的口哨声,然而还是迟了一步,还未等两个手持火把的小伙子冲到跟前,大花牛的肚子上又多出了一道血痕。再接着,黑旋风将头一低,"哧啦"一声,大花牛的肚子被黑旋风彻底撕开了,它疼得一声惨叫,四蹄朝天倒在了沙滩上,白花花的肠子直向外翻露出来。

手持火把的小伙子急速上前,驱赶已经发狂的黑旋风。那黑旋风避开火把,打着响鼻,向上昂起高傲的牛头,边跑边仰天发出一串胜利后的长长嘶鸣声。这场惊心动魄的斗牛比赛,最终还是以黑旋风三连冠而告终。

马立虎兴奋不已,牵着黑旋风来到牛乡长面前,洋洋得意地说:"牛乡长,咱的黑旋风还真争气啊!"

不料牛乡长牛眼一瞪,面色铁青地说:"你懂个屁?刚才你为什么不听我的号令?我看你这个村主任是当到头了!"

马立虎一头雾水,忙问:"牛乡长,这到底是怎么啦? 你说过,一旦遇上厉害的种牛,就吹号让黑旋风给往死里整。再说了,那关键的号令声,不是乡长你自己吹出来的吗?"

牛乡长一听,更加火了:"你知道个屁! 刚才你嫂子突然接了一个匿名电话,说牛尾村的黄大山是王县长的亲外甥! 那大花牛,是王县长亲自打招呼,从外地花了 5 万元的高价买回来的,可你……"

"天哪!"马立虎一听,如霜打的茄子,一下子蔫了。

(李 舟)

(题图:黄全昌)

十岁女保镖

清朝嘉庆年间,有个在京城做官的四川人,姓乔,人称乔大人。有一次,他趁回乡探亲的机会,打算把攒下的 30 万两白银和一些珍珠宝贝带回老家去。一切准备停当,挑好了启程的吉日良辰,但考虑到路途遥远,途中多崇山峻岭,盗贼猖獗,为了安全,乔大人特地到京师有名的镇武镖局,要他们到时派出保镖,负责押运。镖局的老板娘满口应承。

转眼到了启程的日子,镖局老板娘领着女儿来到乔府,对乔大人说:"老爷,我把保镖给您送来了。"说着,将女儿推到乔大人面前。

乔大人抬头一看,惊得目瞪口呆,只见站在面前的是个十岁上下的小姑娘,头上扎着两根羊角辫,一脸稚气,不禁哈哈大笑说:"老板娘,你开什么玩笑!我们是要你派个武艺高强的人来,可不是要个人跟我游山玩水!"

老板娘忙说:"老爷,真不凑巧,今天师傅们都已分派出去了,当家的也下了关东,一时半会儿回不来,所以只得让我女儿跟您走一趟。不过您尽管放心,她挑得起这副担子。"乔大人还是摇头:"她毕竟还是个孩子呀!"

女孩开口了:"老爷,您别看我小,小又怎么啦?秤砣虽小能压千斤哩!您的东西要是在路上少一个子儿,我赔您!"

乔大人又笑了:"少一个子儿你赔得起,可我是30万两银子,还有珍珠宝贝,你赔得起?"老板娘说:"女儿赔不起,还有我呢,您放心就是!"

话说到这个分上,乔大人该启程了。可他朝女孩看看,又问:"那你用什么兵器?用刀呢,还是用枪?"女孩摇摇头:"刀枪都不用。""用飞镖或者袖箭?""也不用。""看来你是赤手空拳护镖,莫非你有什么法术?"女孩笑笑说:"我又不是神仙,哪会什么法术?您不要再问了,只管上路就是。"

至此,乔大人只得吩咐启程。虽说他心里不很踏实,但几天下来一路平安,啥事也没发生。

这一日,来到了潼关地带,沿途全是荒山野岭,人烟稀少。女孩突然下令停车。乔大人急了,忙对女孩说:"太阳还没下山,我们再走一程吧。""要走你们走,我可累坏了。""这一带可是盗贼出没的地方,怕会出事呀。""没事没事,几个小毛贼怕什么,我倒是想见识见识。"女孩说完,指着路边的一个大客栈对车夫说,"把车停放到那里去,今晚就在这宿夜。"

众人进了客栈,看见甬道两旁站着的都是彪形大汉,一个个面露杀气,两眼死死地盯着银车。乔大人一见这阵势,知道这是一家黑店,早已吓得两腿发抖了。可是女孩却没事人一样,吃罢晚饭,她让众人回房歇息,自己拿了茶杯茶壶,回到上房,关上房门,安安静静地喝起茶来了。

可是乔大人却怎么也安不下心来,他知道这是块险地,预感到晚上很可能出事,急忙领几个人手持棍棒守护在银车旁边。几个时辰过去了,周围十分安静,啥事也没发生。

时至半夜,突然从屋顶上传来了掀动瓦片的声音,响声虽然轻微,但还是惊动了乔大人。他躲在暗处抬头一望,只见房顶上出现了十几个人头,正虎视眈眈地朝银车观望。乔大人这一吓,汗就下来了,他这一急,自然想到了女孩,暗暗骂道:你这该死的东西,叫你护镖,你却睡大觉! 不行,我得把你叫起来,让你看看,面对这样的阵势,你如何对付?

乔大人想到这里,便蹑手蹑脚地来到女孩房前,只见窗子开着,女孩好像对外面的险情一无所知,正点着蜡烛,端着杯子,不紧不慢地在喝茶。乔大人见了她这副模样,好不生气,正想喊她,又见她将喝完茶的杯子倒扣在桌子上,用手掌轻轻一碾,好好的陶瓷杯成了一堆碎块。她又拾起碎块,漫不经心地向外面弹出去,弹了一粒又弹一粒,看来她是睡不着觉,在搞着玩呢。没多时,茶杯的碎块弹完,她也玩尽兴了,便伸伸懒腰,吹灭蜡烛,关上窗户,上床睡觉了。

乔大人知道,这个保镖靠不住,便把车夫、跟班、男仆们都偷偷叫醒,一个个操上家伙,准备跟强盗们决一死战。

房顶上的强盗大概已经觉察到下面有了准备,迟迟不敢行动,一个个趴在房顶上,既不离去,也不下来。这可苦了乔大人,他率领众人提心吊胆地守了一夜,直到天明还是放不下心来。

这时,女孩起床了,乔大人走上去说:"怎么,昨晚睡得不错吧?"女孩说:"睡得很好,还做了个很开心的梦。""好呀,你做保镖睡大觉,我们大伙却一夜没合眼!""怎么,出事啦?""你自己看去。"乔大人说着,指了指屋顶。

小女孩朝屋顶瞥了一眼,接着大笑,笑完后又喊道:"喂,你们下来吧,我跟你们比试比试!"房顶上的人依然一动不动。女孩说:"啊,是死人,你们上房去把他们弄下来! 真是的,他们啥地方不好死,干啥死到房顶上去?"

强盗一个个被弄下屋顶,一共 12 个,全都跟死猪一样不会动弹了,但又看不出伤在哪里,经仔细查看,才发现每个人的眼中都有一个小小的血点,那是中了茶杯碎块的结果。

女孩说:"这些人死不了,他们只是昏迷,慢慢会苏醒过来的,但都成了瞎子,强盗是做不成了。"

乔大人这才如梦初醒,大为感叹,连向女孩作了好几个揖,并将她视作神灵,十分尊敬。从此以后,盗也罢,匪也罢,都不敢打他们的主意,银车因此一路平安到达了四川。

（作者:胡方元;讲述者:吴文昶）

（题图:俞耀庭）

价值连城的案板

清朝时,广州城最繁华的大街上有一家开了十多年的肉铺,老板姓丁。

这天早上,太阳一竿子高的时候,一位高个子男人朝丁老板的肉铺走了过来。丁老板连忙热情地招呼道:"客官,新鲜的大肉,想要几斤?"

高个子男人看了看案板上的肉,又左右上下仔细地把案板看了一遍,说:"肉是不错,挺新鲜的,不过,我不买肉,想买你这块案板。"

"买案板?"丁老板觉得奇怪。他抬头看了那男人一眼,说:"你有没有搞错? 你要这么个脏兮兮的案板,有什么用?"

男人说:"这你就不用管了。"

丁老板还是不相信："你莫不是在开玩笑吧？"

男人一本正经地说："多少银子，你开个价吧。"

丁老板觉得好笑，真是林子大了，什么鸟都有，一块破案板竟然也有人想买。好吧，既然你存心想要，可别说我心狠手辣！于是他就伸出了五根手指头，说："你给这个数吧。"

他正想说五两银子，话没出口，就听那男人说："五十两？行呀！"说罢，就往身上掏银子

丁老板一听，吓得差点儿没叫出声来：竟然有人肯花五十两银子买他一块旧案板？今儿个这是怎么了，莫非我这是在做梦？丁老板正在发呆，那男人已经取出五十两银子，塞到了他的手里。

银子塞到了手里，丁老板这才清醒过来。他想：眼前这个男人肯定是家里银子多得放不下了，专门出来寻开心的。既然如此，我何不趁机再宰他一下？于是他摇了摇手，对那男人说："客官，你弄错了，我说的是五百两，不是五十两。"

"是吗？"那男人感到有点意外，"一块旧案板，你竟然要这么多银子？"

丁老板一听，心里有了底儿，显得不慌不忙的，说："话可不能这么说，做买卖向来都是两厢情愿的，你觉得价钱合适就买，不合适就走人，咱们谁也不欠谁的。"

"你……你……"丁老板一句话，噎得那男人老半天回不过气来。他想了想，说："好，算你狠，五百两就五百两。不过，今天我身上没有这么多银子，明天还是这个时候，咱们一手交银子，一手交案板。"

丁老板说："好，一言为定！"

男人走后，丁老板乐得一步三摆腰，回到家里，他将这个天大的喜讯告诉老婆。老婆一听也呆住了，无论如何想不出这男人为什么要花五百两白花花的银子来买这一块旧案板。这年

头,要说值钱的东西那就要数古董了,可这块案板绝对不可能是古董。当年丁老板准备开肉铺时没有案板,恰好院子里那棵长了十几年的老梨树死了,人都说"柏木棺材梨木案",丁老板便请木匠用那棵老梨树做了这副案板。可不是古董又会是什么呢?夫妻俩把案板翻过来倒过去,前后左右、仔仔细细地看了几十遍,还是什么名堂也没有看出来。最后,老婆说:"管它有什么名堂,他想买咱就卖给他。不过,既然他一定要买,价钱嘛,我看还得再高点。"

丁老板吃了一惊:"一块旧案板咱们用了十几年,人家花五百两银子来买,你还嫌少?"

老婆生气地说:"你卖了十几年的猪肉,难道也变成了猪脑袋? 你想,那男人肯出这么高的价,说明这块旧案板肯定是个宝贝,你知道这案板到了他手里能值多少钱? 一万两还是十万两银子? 所以,这案板得卖五千两!"丁老板还有点不愿意,他怕价钱高了人家不要,可老婆一口咬定就要这个数。

第二天早晨,那男人准时来到肉铺,他一听价钱涨到了五千两,很是吃惊。他对丁老板说:"这样吧,这块案板你先给我妥善保管好,不许卖给别人,价钱嘛,我们再商量。最近我有点急事要办,马上就要走,过几天我再来取货。"说罢,转身就走了。

丁老板回家把男人的话告诉老婆,两人一商量,觉得那男人肯定会来,最多少卖一点,卖不了五千两,两三千两总能卖。为了妥善保管案板,他们又另外去买了一块新案板,将这块旧的洗干净后用纸包好,锁在店铺的柜子里,只等那男人送钱上门。

一晃十多天过去了。这一天,那男人果然又来了,一看,发现他们用的案板换了,马上问道:"那块旧案板呢?"

丁老板笑眯眯地说:"别着急,别着急,稳稳妥妥地给你保管着呢。"说着,他就打开柜子,把那块洗得干干净净的旧案板拿了出来,双手端着,递给那男人。丁老板说:"你嫌五千两贵,这样吧,一口价,三千两!"

那男人看了案板一眼,摇了摇头,说:"三千两?现在你就是白送给我,我也不要了。"

丁老板听罢,恼羞成怒地喝道:"不要了?你这是在耍我!"

男人说:"我没有耍你。实话告诉你,这块旧案板里有条大蜈蚣,因为它常年喝猪血,十多年下来,嘴里就凝结了一颗十分珍稀的宝珠。上次我来看的时候,这颗宝珠还没有成熟,还需要再养一段时间才会大功告成,这十天光景是最紧要的时候,这就是我没有急于买下它的原因。可你把它洗干净放着,大蜈蚣没有猪血喝已经死了,宝珠也因此半途而废,实在是可惜呀!"

丁老板哪里肯轻易相信丁老板的话,恼怒地说:"你怎么知道这案板里有蜈蚣,还什么宝珠,你这是在糊弄我!"

男人微微一笑,说:"天机不可泄露哦!不过,你要是不相信,可以当众劈开案板看看。"

丁老板当然不信,于是就拿过一把刀来,用力劈开案板,果然发现里面有条死蜈蚣,蜈蚣的嘴里真的有一颗像鱼眼珠一样的圆珠子。

男人指着圆珠子对丁老板说:"别看它现在没有光泽,一旦成熟了,便会通体发光,原本是颗价值连城的宝珠呀,可现在就值不了了几两银子了!"

男人的话还没有说完,丁老板就觉得眼前天旋地转起来……

(安广禄)

(题图:黄全昌)

正 邪 较 量

正义和善良一定会战胜邪恶，这
是永恒的、绝对的必然。

界碑的传说

　　中越边界上耸立着一块界碑,它的一面刻着"大清国·云南",一面刻着"大法国·越南"。关于这块界碑,流传着一个动人的故事。

　　清朝末年,法国侵略军占领了越南,并对中国垂涎三尺,虎视眈眈。一天夜里,法军悄悄将这块界碑朝中国境内移了十几公里,一夜之间侵占了中国的大片领土。当时的清政府内忧外患,千疮百孔,哪里还顾得上这事?但这个边境小县的县官闻讯后却率领了乡民赶来,他们赤手空拳面对洋枪洋炮,据理抗议,誓用血肉之躯挡住侵略者。

　　法军指挥官故作傲慢之态,他用洋枪指着县官的脑袋,大大咧咧地说:"连你们的皇上都怕我们三分,你一个小小的县令算什么东西？好吧，只要你扛起界碑往前走，界碑在哪儿落地，哪儿就算国界！"

法军士兵们哈哈大笑，这是因为：县官年老体迈，一身瘦骨，看上去弱不禁风，哪能扛得动界碑？要知道，这块界碑重达二百多公斤，只有牛拖马拉才能搬动它。

没想到这个年迈的县官听了后却冷冷问道："一言为定？"

法军指挥官不屑地说："一言为定！哈哈哈……"乡民们都暗暗为县官担忧，手心里都捏了一把冷汗。

县官冷冷一笑："哼，老夫今天拼一条老命，让你们见识见识中国人！"说着，他将长辫往脖颈一绕，官袍往肩头一甩，"嗨"地一声开始运气，只听见他周身的关节"咯咯"作响，双目炯炯发光。运足气后，他一抖枯瘦的身子，丹田之气缓缓升起，苍白的脸膛变得红光满面……

正当众人惊诧万分之际，县官一声大吼，奋力拔起界碑，往肩上一扛，圆瞪双眼，迎着法国佬们惊叹的目光，一步一步向前走去。他每踩下一步，大地便发出一声沉沉的轰响；抬起脚来，地面便现出一个深深的泥坑——这是县官留下的脚印！法国官兵望着一串深深的脚印，目瞪口呆，愣了半天才醒过神来，尾随着县官慢慢走去……

逢山爬坡，遇河涉水，县官负重前行，一步一喘，汗水流成了一股股山泉。乡民们饱含泪水紧跟在后，目送县官艰难前行。

"咔嚓"，县官的肋骨被压断了一根，他晃了晃身子，仍然一步一挪地往前走。界碑太重太重，碑石已经嵌入了他的肉体，和他血肉相连了。"咔嚓"，"咔嚓"，肋骨断了一根又一根，清脆的断裂声震撼山谷，久久回荡……突然，县官一个趔趄，一股鲜血从口中喷涌而出，顺着山沟流去，流啊流，汇成了今天云南境内的红河！

县官往前一扑，倒下了。他所有的肋骨都被压断，但界碑却并没有落地,仍稳稳地压在他的背上。他再也爬不起来了,只能用脊梁骨顶着界碑,一寸一寸地往前爬行。天黑了,萤火虫飞来为他照明,他昼夜兼程地向前爬行。当太阳又一次升起时,已经离原来的界碑位置不远了,而这时县官也已经奄奄一息,再也爬不动了……

县官死不瞑目,双眼死死地盯着前方……

就在这当口,一件不可思议的事情发生了:只见县官的身体依然缓缓地向前蠕动起来,尽管缓慢得难以察觉,但一刻也没有停止前进。这是怎么回事?仔细一看,原来县官腹下由一条条蟒蛇组成了"滚木",身体四周布满黑压压的蚂蚁、刀螂和无数叫不出名字的小虫,它们全都在用自己的力量推动着县官的身躯,还有那一群群蜻蜓,它们飞到界碑上方拼命地扇动翅膀,借以减轻界碑的重量。

法国佬们看呆了,一个个大惊失色,呆若木鸡。

县官缓缓向前,终于到了原来的界碑位置,这时,狂风大作,飞沙走石,大风过后,只见县官的身躯变成了一堵高高的石壁,顶天立地,威镇四方。

如今,这块界碑仍然高高耸立在边境的石壁上,和石壁浑然成为一体,谁也别想将它撬动一下,移走一寸……

(天　夫)

(**题图**:俞耀庭)

魏三娘救子

　　抗战时期,天津有家老字号的绸布庄,叫"荣顺德"。老板娘姓魏,人称魏三娘。

　　魏三娘早年丧夫,膝下有一独子,小名来喜,年已十八,却是狗肉包子——上不了桌,整日吊儿郎当,不学无术,根本不能替母亲在生意上分忧。绸布庄里里外外,都靠魏三娘一人打点。

　　这天傍晚,魏三娘见生意清淡,刚要上门板,只见两个腰挎"盒子炮"的小混混儿一前一后走进来。

　　"魏老板,给您道喜啦!还不赶紧沏壶茶慰劳我们哥俩儿!"其中一个瘦猴儿嬉笑着喊道。

　　"我有嘛喜?想白喝茶就坐下喝!"魏三娘见他们就腻歪,但还不能得罪,只好赔着笑。

"嫂子,您凉炕睡到头儿了,六爷看上您啦!大喜呀!往后跟着六爷吃香的,喝辣的,还卖嘛布?六爷让我们哥俩儿先跟您透个信儿,要是……"

"啪"的一声,花边瓷碗被重重地摔在地上,两个小混混儿惊得跳起来。魏三娘气得脸色苍白,浑身哆嗦,她强压住怒火,吼道:"我都是快娶儿媳妇的人了,还遭人这么算计!告诉你们六爷,该不是娶我过去当老妈吧!"

两个小混混儿讨个没趣,灰溜溜地走了。

魏三娘心里明白,这郭六爷是流氓混混儿头子,天津卫有名的恶霸,得罪了他,会是什么后果。她心烦意乱地盼儿子回来,可那不争气的来喜却杳无踪影。

一连几天过去了,郭六爷那边没再来人找麻烦,混混儿们照常在附近戏园子里取乐儿,魏三娘悬着的心放松了许多。令她不安的是儿子来喜越发放荡不羁,不仅白天在外鬼混,晚上也夜不归宿了。

这天夜里,电闪雷鸣,风雨交加,魏三娘惦记着来喜,呆坐在孤灯下,突然,外面传来一阵急促的敲门声,她赶紧跑了出去。

几个身穿黑色雨衣的混混儿闯进屋,个个横眉立目,凶神一般。为首的一个大络腮胡子贪婪地盯着魏三娘只穿件内衫的身子,像只恶狼似的张开满是酒气的臭嘴,说:"魏老板,六爷传出话,你儿子这几天在赌场借了大掌柜的两千块现洋,这小子输得一干二净……六爷说了,明儿头早带着钱去郭家大院领人。否则,剁下他两只手放油锅里炸了算摆平!"

魏三娘闻听此言,脑袋"嗡"地一声,差点没昏过去,她一屁股瘫坐在炕上,半天说不出一句话来……

混混儿们走后,魏三娘静下心来,她深知自己得罪了郭六爷,如今他们要拿来喜开刀了。为了救儿子,她凝神想了一会儿,当下顶着风雨,连夜过了一趟海河……

第二天,雨停了,魏三娘锁好店门,直奔郭家大院。

这郭家大院可不是一般去处,青砖碧瓦,森严神秘,院连院,房套房,谁也搞不清里面的格局。门前两只偌大的石狮子龇牙咧嘴,老百姓平日都躲得远远的。

魏三娘被把门的小混混儿领到前堂,只听一声吆喝,十几个身穿黑色油绸裤褂的混混儿们摇头摆尾地走出来,斜站在两旁,个个煞神一般,敞着怀,宽腰带里插着一色的"盒子炮"。

"魏老板,久仰,久仰! 果然气质非凡! 郭某说话板上钉钉,交上大洋,领你儿子回家。不然嘛……嘿嘿! 应了那个事儿也行……"魏三娘抬头望去,只见太师椅上坐着个五十开外的胖麻子,正色迷迷地盯着她阴笑,此人无疑就是郭六爷。

"我要见我儿子。"魏三娘从容镇静地说。

"可以,带他上来!"郭六爷把手一挥。

片刻,两个小混混儿架着浑身哆嗦、面无人色的来喜来到大堂中央。来喜早吓尿了裤子,"娘"字未出口,便瘫坐在青砖地上。

"来喜,娘只问你一句话,你要实说。在赌场借掌柜的两千块大洋都输光了,可是真的?"

"娘……是儿该死! 儿一时糊涂!"来喜失声痛哭,拼命用脏兮兮的双手撕扯着自己的头发。

"来喜,把腿站直! 抬起头来!"魏三娘突然厉声喝道,洪亮的嗓音在大堂内回响。

郭六爷冷冷地说:"魏老板,话都问清楚了,那就交钱吧。"

"事儿,我明白了。钱,没有。"

"那就依了我,别的,一笔勾销!"

"除非天津卫男爷们儿都死绝了!"魏三娘斩钉截铁地回敬道。

六爷从太师椅上站起来,脸上的麻子也涨大了许多:"好!

有种！我这辈子倒是还从来没有碰到过敢跟我郭某这么说话的！佩服！来人！架油锅！"

工夫不大，一口滚开的油锅被架进来，锅底下的炭火烧得通红。

郭六爷低喝一声："照老规矩，剁下这小子的两只手，放油锅里炸了！"

"慢！六爷，不能剁我儿子的手！"魏三娘抢先一步，用身子拦住两个持刀的混混，"孩子的手是娘给的，他千错万错是娘不教之错！要剁就先剁我的！"说时迟、那时快，只见魏三娘迅速从怀里掏出一把锋利的尖刀，转身将左手掌平放在油锅边沿儿，高高扬起握刀的右手，寒光一闪，手起刀落，五个手指被齐刷刷砍下掉进油锅。立刻，一股油烟升腾，大堂上弥漫着皮肉焦煳的气味。

魏三娘脸色苍白，却从容地把刀一扔，撕下左臂的白色衣袖，三下五除二地包扎紧鲜血外涌的左手掌。

大堂内片刻的沉寂之后，郭六爷和众混混儿们齐声喝起彩来，按照黑道上的规矩，双方就算摆平了。郭六爷一脸阴笑："魏老板果真是女中豪杰，让郭某好生佩服！你把儿子领回去好好管教，要不，保不准什么时候把你右手的五个手指也搭了进去！"

来喜哭喊着扑向魏三娘，悔恨交加地跪在娘的脚下……

当天夜里，荣顺德绸布庄起火了，烧得房倒墙塌，一片废墟。

就在绸布庄余烟未尽的时候，魏三娘带着来喜已经乘火车离开了天津卫。

天快亮时，两人在唐官屯下了火车。来喜惦记着娘的伤口，急着要找大夫，魏三娘见儿子这样，脸上露出了会心的笑容。

"来喜，你看！"

魏三娘说着，慢慢地解开血迹斑斑的衣袖。来喜猛地惊呆了，娘左手的五个指头居然完好无损！

原来,魏三娘那天夜里过海河是去找一个远房表兄,那表兄是一个捏面人的高手,不仅技艺高超,而且胆大主意正,他给魏三娘出了这个主意,捏了五个假手指,又在里面加了些油脂和皮料,所以无论外观还是油炸的气味,都和真的手指一模一样。

来喜迫不及待地追问娘:"那流血是怎么回事?"

"那可真是娘的血,是娘提前抽出来放在软袋里,藏在袖子中的……"

"娘——"在唐官屯镇外的土坡上,来喜对魏三娘发誓,"娘,你从此放心,儿一家会痛改前非,重新做人!"

(张占华)

(**题图**:魏忠善)

白发三千丈

靖边县令杜文远一到任,就大模大样地要各地乡绅去具礼贺拜。百姓见来了如此贪官,无不摇头叹息,可那些富户乡绅却个个喜上眉梢,争先恐后地纷纷登门巴结。首富汪世仁不仅送去金银珠宝,还用轿子把自己两个浓妆艳抹的侍妾也抬进了县衙。一时间,县衙门前车水马龙,拍马屁的人几乎踏破门槛。

但奇怪的是,这天衙门前突然冷清下来。为啥?原来杜文远突发怪病,没法见客。

杜文远的心腹保镖陈七前一晚正在院子里巡夜,突然听到杜文远在卧房中"啊"一声惨叫,他立即破门而入,点亮灯一看,只见杜文远坐在床边,两只眼睛直瞪瞪地盯着对面的墙上。陈七顺势望过去,墙上有五个触目惊心的大字:白发三千丈。

陈七急问："老爷,可是来了盗贼?"杜文远仿佛惊魂未定,竟不回答。陈七又问："老爷,有没有丢失贵重东西?"杜文远这才回过神来,摇头表示没有。陈七松了口气,便说："老爷放心,从现在起,我就守在你房门前,这'白发三千丈'不来便罢,如若再来,我陈七定叫他有来无回!"

后半夜,陈七就寸步不离地守在杜文远的房门前。谁知三更刚过,杜文远突然又在房间里惨叫一声,陈七提刀冲入房内,见杜文远满脸都是惊慌之色,再看墙上,不由倒吸了一口冷气:墙上横七竖八写满了"白发三千丈"这五个大字。

看来"白发三千丈"绝非等闲之辈,他怎么进的房呢? 于是天一亮,陈七就悄悄走出衙门,四处暗访起来。可是访了半天,什么结果也没有,黑白两道中人都说,县城里从没听说过有叫"白发三千丈"的武林高手。看来这案子一时难破,陈七只得自己晚上多留个心眼。但要命的是,无论陈七怎么防备,就从这一晚开始,白发三千丈几乎天天晚上都能悄无声息地潜入杜文远的房中,在墙上留名而去。陈七想来想去没弄明白:这家伙到底是怎么下的手? 问杜文远,杜文远不说,陈七觉得好无奈。

上任不到一个月,杜文远因为夜夜受惊,无法安眠,几乎到了癫狂发疯的地步,陈七为他请遍了县里的名医,也无济于事。这天,县衙门前来了个蓬头郎中,口称"专治疑难怪病",陈七脑子一转,不如让他给治治,于是就带着他去见杜文远。

郎中一把脉,对杜文远说："老爷,你这病恐怕天下只有我才能对付,你若再不赶紧治,只怕难逃一死!"

见郎中口出狂言,陈七吓了一跳,立马要赶他走。谁知杜文远却瞪着郎中说："好,你既然说我这病只有你才能治,我就让你一试。你且说我该服什么药?"郎中不慌不忙地开口道："老爷是心病,我给你开一味药,不管老爷信与不信,必先照做了,此病包好!"说着,他在纸上"刷刷刷"写下两行字,递给杜文远。

杜文远抓过一看，大为惊讶，稍稍犹疑之后，就吩咐陈七拿十两纹银给郎中。谁知这郎中坚辞不受，飘然而去。

郎中写的那两行字，杜文远没有给陈七看，但陈七却吃惊不小，因为他看到，杜文远自从接了郎中的药方之后，顷刻之间就像换了个人似的，精神饱满地升堂理事，秉公办案，还立下规矩拒绝收礼。而且不单这一天，自此以后天天如此，癫狂的病况一下子就好了个透。

这还不算，更让陈七奇怪的是，那白发三千丈竟就此再没有来过。陈七心里嘀咕：难道这郎中真是神仙下凡了不成？

那些平时胡作非为惯了的富户乡绅，看杜文远如此威势，都不得不收敛了起来，只有那个首富汪世仁，仗着自己比别人多几个臭钱，还照样神气活现。靖边盛产"云雾香茶"，汪世仁看别人都夹起尾巴做人，便趁势勾结山上的悍匪，妄图把这一带所有的茶场都统统占为己有。杜文远一怒之下，派衙役把汪世仁缉拿归案，汪世仁这才知道讨饶，可杜文远不理睬他。汪世仁见软的不行，索性脖子一挺，软中带硬地说："杜大人，小的是该死，可杜大人收受小的钱财美女，若是传到朝廷，只怕也……"

谁知杜文远一听，竟哈哈大笑起来："你们所有人送的东西，我统统登记造册，送入官库。至于那两个女人，嘿嘿，我早已拨了路费让她们回老家。好哇，你居然还敢来威胁我？来人，把他给我押到大牢里去！"

拿下汪世仁，杜文远又趁热打铁率官兵猛剿悍匪。可让他分外失望的是，每一次出击都败兴而归，因为悍匪早已闻风而逃，悍匪还传出话来，扬言如果杜文远不收手，就要狠狠收拾他。杜文远一想对方个个都是杀人不眨眼的家伙，自己真要较真起来，说不定真会难保自家性命，想想还是收兵罢了。

谁知就在收兵的当晚，杜文远的头痛癫狂病又开始发作，一连数天天天夜里被折磨得惨叫不止，陈七每次冲进他的卧房，总能看到白发三千丈已经在墙上落名而去。

这事儿真是太奇怪了！

那日天刚擦黑，杜文远正痛得死去活来癫狂不止的时候，忽听大门外有人高叫："专治疑难怪病咯！"这不正是上回那个开两行字药方的郎中吗？杜文远顾不得让陈七去请，自己就一头冲出门去，将郎中拽进卧房，纳头便拜："先生救我！"

郎中哈哈大笑，也不说话，又将一张纸条塞进杜文远手中，而后飘然离去。杜文远展开纸条一看，神色大惊，难道……他拼命让自己镇定下来，将纸条揣入怀中。

当晚，杜文远就让陈七传令下去，明日一早再次进山追剿悍匪。

第二天一大早，陈七带领官兵在衙门前列队，单等杜文远下令出发，可一直等到日上三竿，杜文远居然在房里没有任何动静。陈七觉得奇怪，走过去一听，里面传出的呼噜声竟一声比一声响。他只得推门进去，走到杜文远床前禀告："老爷，兄弟们正等着你进山剿匪呢！"

只见杜文远突然翻身坐起，哈哈大笑道："剿匪？剿什么匪？匪首的头早被我拿下了！"说罢跳下床，从床底下的箱子里拎出一颗人头来。

陈七一看，果真是那个悍匪头子，不由大吃一惊："此匪身手甚是了得，老爷如何能在一夜之间拿下他的？"

杜文远瞪他一眼："还不是多亏了你啊，如果你昨晚不去报信，我哪能一路跟踪找到他？"

陈七不知道，昨天郎中给杜文远的纸条上写的，其实就是"注意身边小人"这六个字。现在听杜文远这话，陈七知道自己投匪的事已败露，一扬手，早准备好了的七支飞镖立刻从他袖笼里飞出来，支支直射杜文远的脑门和胸口。杜文远知道，这就是陈七的独门绝技"夺命七星"，说时迟那时快，杜文远猛一甩头，头上的帽子立刻弹了开去，一头白练似的长发猛泻下来，将陈七的七支飞镖支支都挡落在地上。

"你……"陈七惊骇无比，一屁股跌坐在地上。杜文远凄然一笑："没想到吧，我就是白发三千丈。"他弯腰捡起刚才弹落在地上的帽子，对陈七说，"你我名为主仆，实是兄弟，你为何要背叛我，去与悍匪勾结？"

陈七恨恨道："我跟着你做官，是想吃香喝辣飞黄腾达，可你却要做什么清官。哼，我可不想一世清苦。唉，只可惜我没料到白发三千丈竟就是你……"说到这里，陈七突然从地上一跃而起，想遁窗而去。可是杜文远只轻轻一跺脚，刚才落在地上的那七支飞镖就都弹了起来，杜文远白发一甩，飞镖闪电般向陈七飞去，陈七只闷哼一声，就倒在了地上……

一年后，从靖边通往大同的官道上，有两人骑着马正缓缓前行，走在前面的就是杜文远，因为政绩斐然，他已晋升为大同府尹，此时正带着老仆去大同赴任。

正走着，突然迎面来的一骑毛驴挡住了他的去路。老仆正要上前呼喝，毛驴上的人突然长叹一声："白发三千丈！"杜文远一听大惊："你是谁？"那人回说："我是杜文远啊！""你……"杜文远突然认出对方就是两次给自己药方的郎中，立刻滚鞍下马，连连向他磕头。

这是怎么回事呢？

原来，这位做了数年靖边县令的杜文远，其实是个冒牌货，他的真名叫张天霸，虽说从小也读过几年私塾，但和陈七两人仗着学了点武艺，那天在道上把一对主仆劫了，砍翻后踹下悬崖，可过后一翻劫得的行头，除了朝廷任命这个真叫"杜文远"的去靖边做县令的公文和那顶帽子外，其他什么油水都没有。失望之余，张天霸发现自己和那人长得十分相像，于是灵机一动，就和陈七冒名顶替到靖边走马上任，准备好好趁这个机会发一笔横财。

　　可没想就从张天霸变成"杜文远"冒做县令这一天开始，张天霸不管戴还是没戴帽子，头都痛得像要裂开来似的。开始，他每天看着人家源源不断地给自己进财献宝，心里得意，还挺得住，可三天不到，就实在受不了了，而且一头黑发变得雪白，越长越长。

　　张天霸怕得要死，难道是这顶帽子里生出什么虫子，钻进了自己的头里？他拿过帽子顺过来倒过去地看，除了发现帽衬里有"白发三千丈"五个蝇头小字，实在看不出它和其他帽子有什么两样。这"白发三千丈"到底是什么意思呢？张天霸想来想去没想明白，只是头痛得实在厉害的时候，他会不由自主地到墙上去一遍遍地写这几个字，好像每写一遍，头痛就会减轻一点。所以陈七以为白发三千丈在墙上留名而去，其实都是张天霸自己写上去的，至于这一切为什么不告诉陈七，连张天霸自己都说不清楚。后来，真正的杜文远装扮成郎中找上门来，给张天霸开了两行字药方：为人行侠仗义，做官清正廉明。张天霸心里很清楚：按这话去做，今后就没有什么油水可捞；可不这么做，更难活啊！无奈之下他只得照办，果然奏效。而且以后他只要稍有贪渎之念，立刻就头痛难熬；而只要消除杂念，秉公办事，病状就会缓解消失。

　　杜文远告诉张天霸："我本是人称'杜青天'的朝廷监察御史，因为说了几句不该说的话而犯了上，被贬为靖边县令。赴任那天被你踹下悬崖之后，幸被一棵大树挂住，才捡回老命。为防被你和陈七认出，再遭陷害，我只得乔装改扮。后来寻到靖边，本想找机会揭穿你们，知你已经发病，便改了主意，扮成郎中，为你指点迷津。你可知我这帽子为何如此古怪？"

　　张天霸连连摇头。

　　杜文远说："当初我考中进士时，村里从八旬老翁到三岁小儿,人人拔下自己一缕头发,由我母亲亲手编织缝制成这顶帽子,他们这是要我时刻想着当为民做主的官。为了勉励自己,我特地在帽衬里写上'白发三千丈'这五个字。不瞒你说,平时只要我稍有非分之念,我的头也会疼痛欲裂。我知道,这是我母亲和乡亲们在提醒我啊!"

张天霸听到这里真是感慨不已,慌忙摘下帽子,双手捧着恭恭敬敬地递给杜文远,说:"杜青天,这帽子该……该是物归原主的时候啦!"

杜文远连连朝他摆手:"我老了,你还年轻,这帽子就送了你吧!"

张天霸急得"扑通"一声跪在了地上:"杜青天,我本是一介草莽,实在不配戴这顶帽子。再说……再说那头痛病发作起来,也实在太苦了!"

杜文远哈哈大笑起来:"你秉公办事以来,这病可曾发过?"

张天霸一拍脑袋:是啊,虽说自己开初是因为害怕发病,不得不去做这个清官,可后来慢慢做习惯了,这病不也就不发了嘛!

杜文远从怀里摸出一面铜镜,递给张天霸,说:"你再看看你现在的头发。"张天霸一看,自己那一头白发,早已不知何时变得乌黑发亮了。

（川　子）

（题图:黄全昌）

最后一头战象

　　大象如今只能在动物园里看到,可以前在云南大象多得很,并不稀奇。20世纪60年代末,周兵到云南曼广弄寨插队落户,寨子里就养了一头大象。

　　大象有个名字,叫嘎羧,已经五十多岁了,脖子歪得厉害,嘴永远闭不拢,整天"滴滴答答"地淌着唾液;一条前腿也没能治好,短了一截,走起路来一跛一跛的;本来就很稀疏的象毛几乎掉光了,皮肤皱得就像脱水的丝瓜;两根四尺来长的象牙积了厚厚一层难看的黄渍。虽说它形象不佳,可村民们对它却十分尊敬,从不叫它搬运东西,它整天优哉游哉地在寨子里闲逛,到东家要串香蕉,到西家喝筒泉水。

　　周兵和负责饲养嘎羧的老头波农丁混得很熟,因此和嘎羧也成了朋友。在他插队的第三年，嘎羧愈发衰老了，食量越来越小，整天卧在树阴下打瞌睡，皮肤松弛，身体萎缩，就像一只脱水柠檬。波农丁年轻时给土司当了多年象奴，对象的生活习性摸得很透。一天，他对周兵说："太阳要落山了，火塘要熄灭了，嘎羧要走黄泉路啦。"几天后，嘎羧拒绝进食，躺在地上，要揪住它的鼻子摇晃好一阵，它才会艰难地睁开眼睛，朝你看一眼，周兵觉得它差不多已处在半昏迷的状态中了。

可一天早晨，周兵路过打谷场旁的象房，却惊讶地发现，嘎羧的神志突然清醒过来，虽然身体衰弱不堪，但精神却处在亢奋之中，两只眼睛烧得通红，见到波农丁，"噢噢噢"短促地轻吼着，鼻子一弓一弓，鼻尖指向象房堆放杂物的小阁楼，象蹄急促地踢踏着地面，好像是迫不及待想得到小阁楼上的什么东西。开始波农丁不想理它，它发起脾气来，鼻子抽打房柱，还用庞大的身体去撞木板墙，象房被折腾得摇摇欲坠。波农丁拗不过它，只好让周兵帮忙，爬上小阁楼，传下杂物，看它到底要什么。

小阁楼上有半箩谷种、两串老玉米和几条破麻袋，其他好像没什么东西？周兵先把两串老玉米扔下去，嘎羧用鼻尖钩住，像丢垃圾似的丢出象房去；周兵又将半箩稻谷传给波农丁，他还没接稳呢，就被嘎羧一鼻子打翻在地，还赌气地用象蹄踩踏；周兵又把破麻袋扔下去，嘎羧用象牙把麻袋挑得稀巴烂。

小阁楼角落里除了一床破篾席，已找不到可扔的东西了，嘎羧仍焦躁不安地仰头朝周兵吼叫。"再找找，看看还有啥东西？"波农丁在下面催促道。周兵掀开破篾席，里面有一具类似马鞍的东西，很大很沉，看质地像是用野牛皮做的，上面蒙着厚厚一层灰尘，周兵一脚把那破玩意儿踢下楼去。

奇怪的事发生了：嘎羧见到那破玩意儿，一下安静下来，用鼻子"呼呼"吹去蒙在上面的灰尘，鼻尖久久地在破玩意儿上摩挲着，眼里泪光闪闪，像是见到了久别重逢的老朋友。

"哦,闹了半天,嘎羧是要它的象鞍啊。"波农丁恍然大悟地说,"周兵,这就是它当战象时披挂在背上打仗用的鞍子,我们当年把它从战场上运回寨子,它还佩戴着象鞍,在给它治伤时,是我把象鞍从它身上解下来扔到小阁楼上的。唉,整整26年了,我早把这事忘得一干二净,没想到,它还记得那么牢。"

原来,西双版纳的召片领曾经拥有一队威风凛凛的象兵。所谓象兵,就是骑着大象作战的军队,象兵比起骑兵来,不仅同样可以起到机动快速的作用,战象还可用长鼻劈敌,用象蹄踩敌,直接参与战斗,一大群象,排山倒海般扑向敌人,战尘滚滚,吼声震天,势不可挡。

1943年,日寇侵占缅甸,没多久,铁蹄就跨过一江之隔的西双版纳边陲重镇打洛。象兵在打洛江畔和日寇打了一仗,战斗异常激烈,枪炮声、厮杀声和象吼声惊天动地,鬼子在打洛江里扔下了七十多具尸体,我方八十多头战象全部中弹倒地,血把江水都染红了。战斗结束后,召片领在打洛江边挖了一个长宽各二十多米的大坑,把阵亡的战象隆重埋葬了,还在坑上立了一块碑:百象冢。曼广弄寨的民工在搬运战象的尸体时,意外地发现有一头公象还在喘息,它的脖颈被刀砍伤,一颗机枪子弹从前腿穿过去,浑身上下都是血,但它还活着。他们用八匹马拉的大车把它运回寨子。这是惟一幸存的战象:嘎羧。好心肠的村民们治好了它的伤,把它养了起来……

嘎羧用鼻子挑起那副象鞍,甩到自己背上,示意波农丁帮它捆扎。周兵和波农丁费了好大劲,才将象鞍置上象背。象鞍上留着弹洞,似乎还有斑斑血迹,混合着一股皮革、硝烟、战尘和血的奇特的气味;象鞍的中央有一个莲花状的坐垫,四周镶着一圈银铃,还缀着杏黄色的流苏,26个春夏秋冬风霜雨雪,虽然已经有点破旧了,却仍显得沉凝而又华贵。嘎羧披挂着象鞍,平添了一股英武豪迈的气概。

"它现在要披挂象鞍干什么?"周兵迷惑不解地问道,"恐怕不是什么好兆头,"波农丁皱着眉头伤感地说,"我想,它也许要离开我们去象冢了。"周兵听说过关于象冢的传说。大象是一种很有灵性的动物,除了横遭不幸暴毙荒野的,大都能准确地预感到自己的死期。在死神降临前的半个月左右,大象便离开象群,告别同伴,独自走到遥远而神秘的象冢里去。每群象都有一个象冢,或是一条深深的雨裂沟,或是一个巨大的溶洞,或是地震留下的一块凹坑。凡这个种群里所有的象,不管生前浪迹天涯海角漂泊到何方,最后的归宿必定在同一个象冢。让人惊奇的是,小象从出生到临终,即使从未到过也未见过象冢,却在生命的最后时刻,凭着一种神秘力量的指引,也能准确无误地寻找到属于自己种群的象冢。

果然被波农丁说中了。嘎羧准备告别曼广弄寨,找它最后的归宿了,它绕着寨子走了三圈,对救活它、收留它并养活它26年的寨子表达了一种恋恋不舍的心情。嘎羧要走的消息长了翅膀似的传遍全寨,男女老少都涌到打谷场为嘎羧送行。大家心里都清楚,与其说是送行,还不如说是送葬,为一头还活着的老战象出殡。许多人都泣不成声。村长在象脖子上系了一条洁白的纱巾,四条象腿上绑了四块黑布。老人和孩子捧着香蕉、甘蔗和糯米粑粑,送到嘎羧嘴边。可嘎羧什么也没吃,只喝了一点凉水。

日落西山,天色苍茫,在一片唏嘘声中,嘎羧上了路。送行的人群散了,波农丁还站在打谷场上痴痴地望。周兵以为他在为嘎羧的出走而伤心呢,就过去劝慰道:"生老病死,聚散离合,本是常情,你也不要太难过了。"不料波农丁却压低声音说:"小伙子,你有胆量跟我去发一笔财吗?"见周兵一副茫然的神态,他又接着说:"我们悄悄跟在嘎羧后面,找到那象冢……"

周兵明白他的意思了,他是要自己跟他合伙去捡象牙。在热带雨林里,大象的躯体和骨头会腐烂,象牙却永远闪耀着迷人的光泽。象冢由于世世代代埋葬老象,每一个象冢里都有几十根甚至上百根象牙,可以毫不夸张地说,找到一个象冢,就等于找到一个聚宝盆。聪明的大象好像知道人类觊觎它们发达的门牙,生怕遭到贪婪的人类的洗劫,通常都把象冢选择在路途艰险、人迹罕至的密林深处,再有经验的猎人也休想找得到。但如果采取卑鄙的跟踪手段,悄悄尾随在死期将临的老象后面,就有可能找到那遥远而又神秘的象冢。周兵犹豫着,沉默着,没敢轻易答应。

波农丁显然看穿了周兵的心思,说:"我们只捡象冢里其他象的象牙,嘎羧的象牙我们不捡,也算对得起它了嘛。"这主意不错,既照顾了情感,又可圆发财梦,何乐而不为?他们俩拔腿就追,很快就在通往崇山峻岭的小路上追上了缓缓而行的嘎羧。天黑下来了,嘎羧脖颈上那块标志着出殡用的白纱巾,成了他们摸黑追踪的路标。嘎羧虽然跛了一条腿走不快,却一刻也没停顿,走了整整一夜,天亮时,来到打洛江畔。"我想起来了,这儿是水晶渡的上游,26年前,我们就是在这里把嘎羧抬上岸的。"波农丁指着江湾一块龟形的礁石说,"幸亏有这块礁石挡住了它,不然的话,它早被激流冲到下游淹死了。"这么说来,这儿就是26年前抗日健儿和日寇浴血搏杀的战场。

这时,嘎羧踩着"哗哗"流淌的江水,走到那块龟形礁石旁,鼻子在被太阳晒成铁锈色的粗糙的礁石上亲了又亲,许久,才昂起头来,向着天边那轮火红的朝阳,"欧——欧——"发出震耳欲聋的吼叫。它突然间像变了一头象,身体像吹了气似的膨胀起来,四条腿的皮肤紧绷绷地发亮,一双象眼炯炯有神,吼声激越悲壮,惊得江里的鱼儿都"扑喇喇"跳出水面。周兵想,此时此刻,它一定又看到了26年前惊天地、泣鬼神的一幕:威武雄壮的战象们驮着抗日健儿,冒着枪林弹雨,排山倒海般地冲向侵略者;日寇鬼哭狼嚎,丢盔弃甲;英勇的战象和抗日将士也纷纷中弹跌倒在江里。

周兵对嘎羧肃然起敬:它虽然只是一头象,被人类称之为兽类,却具有很多称之为人的人所没有的高尚情怀;在行将辞世的时候,它忘不了这片曾经洒过热血的土地,特意跑到这儿来缅怀往事,凭吊战场!

周兵和波农丁跟在嘎羧后面,又走了约一个多小时,在一块平缓向阳的小山坡上,嘎羧突然又停了下来。"哦,这里就是埋葬八十多头战象的地方,我参加过挖坑和掩埋,我记得很清楚。喏,那儿还有一块碑。"波农丁悄悄说道。

周兵顺着他手指的方向望去,荒草丛中,果然竖着一块石碑,镌刻着三个金箔剥落、字迹有点模糊的大字:百象冢。莫非嘎羧它……他不敢往下想,斜眼朝波农丁望去,他也困惑地紧皱着眉头。

嘎羧来到石碑前,选了一块平坦的草地,一对象牙就像两支铁镐,在地上挖掘起来。土块翻松后,它又用鼻子把土坷垃清理出来,继续往下面挖。它已经好几天没吃东西了,又经过长途跋涉,体力不济,挖一阵就站在边上喘息一阵,但它坚持不懈地挖着,从早晨一直挖到下午,终于挖出了一个椭圆形的浅坑来;它滑下坑去,在坑里继续深挖,把土块用鼻子卷着抛出坑来。他们在远处观看,只见它的身体一寸一寸地往下沉。太阳落山了,月亮升起来了,它仍在埋头挖着。

半夜,嘎羧的脊背从坑沿沉下去不见了,象牙掘土的"咚咚"声越来越稀,长鼻抛土的节奏也越来越慢。鸡叫头遍时,终于,一切都平静下来,什么声音也没有了。周兵和波农丁耐心地等到东方吐白,这才壮着胆子走到坑边去看。土坑约有三米深,嘎羧卧在坑底,侧着脸,鼻子盘在腿上,一只眼睛睁得老大,凝望着天空——它死了。它没有到遥远的神秘的祖宗留下的象冢去,它在百象冢边挖了个坑,和曾经并肩战斗过的同伴们葬在了一起。作为一头战象,它找到了最好的归宿。

土坑里弥散着一股腐烂的气息,看得见26年前埋进去的战象的残骸,红土里,好像还露出了白的象牙。嘎羧那对象牙,因挖掘土坑而被沙土磨得锃亮,在晨光中闪烁着华贵的光泽。波农丁牙疼似的咧着嘴,苦着脸说:"要是我们在这里捡象牙,只怕是盖了新竹楼要起火,买了牯子牛也会被老虎咬死的啊!"

"对,是要遭报应的。"周兵点点头,随后他就和波农丁一起动手,将浮土推进坑去,把土坑填满夯实,然后空着手,拖着疲惫不堪的身子走回寨子……

(作者:沈石溪;改编者:彦　生)

(题图:李宏富)

智 勇 联 手

才智和勇气必定满意地与机遇共享荣誉。勇敢寓于灵魂之中，而不凭一具强壮的躯体。

神吹

那是一九五零年冬天,安州城刚刚解放不久,人民解放军六十军陈师长正在地图前研究下一步追剿土匪的方案,突然听得一阵唢呐声响,他侧耳听了一阵,不由笑起来。

警卫员问:"首长笑什么?"陈师长说:"这吹唢呐的,有两个人,其中一个技艺很高,另外一个就算再练上十年,也不是对手啊!在民间,有很多唢呐高手,他们吹的唢呐本身就是一部戏,你要用心听,就能听出个道道来。"说到这里,陈师长手一指,说:"你听听,那个唢呐手已经败下阵来了。"警卫员一听,果然只听见一支唢呐在吹了。

陈师长点燃一支烟,仔细聆听了一阵唢呐声,眉头慢慢地皱起来,最后将烟蒂儿在鞋底上掐了,神色肃穆地说:"这唢呐声里好像有冤屈。走,跟我听唢呐去。"

两人循着唢呐声来到街上,只见一家药房门前挂着黑纱白帐,大门口摆着一口黑土漆大棺材,那做法事的端公,正一手执法器,一手举符纸,口中念念有词。旁边的桌子上高高地搁着一把椅子,吹唢呐的就坐在椅子上,双手举着唢呐,微闭双眼,唢呐碗儿仰向空中,悲腔声声。细看那吹唢呐的,矮短身材,双腮圆鼓,吹得酣畅淋漓,旁若无人。

陈师长拉过身边一位老乡,问他这吹唢呐的是何人。老乡看了看陈师长身上的解放军服装,面露惊恐神色,不说一句话就低着头躲开了。陈师长叹息一声,对警卫员说:"这些老乡们都是被欺压怕了的啊!你看看,咱们把安州城解放了,他们依然还是害怕。其实他们不是怕我们,是怕那些土匪和国民党军队,怕他们会卷土重来。我们的剿匪工作,必须加强啊!"

说话间,两人走进了围观的人群,大家一见他们,急忙闪开,都是一副避犹不及的样子。陈师长呵呵笑着,给身边一个老大爷递上一支烟,说:"我也是听这唢呐声吹得好,来听听的。"老大爷惊奇地问:"长官也听得懂唢呐?"陈师长呵呵一笑,说:"我原来也是吹唢呐的,只是没有这位师傅吹得好。"

老大爷乐了,他告诉陈师长,这个吹唢呐的本名叫吴安生,大伙儿都叫他"吴吹吹",八岁就随安州最有名的唢呐王"叫天子"学吹唢呐。十二岁那年,安州城百草堂大药房老板六十大寿,老板的儿子请叫天子来助兴,老板的女婿也请了两个唢呐王来凑热闹。说是凑热闹,其实女婿是想在老岳父面前争个脸面。结果寿辰这天也该是有戏,老板儿子请的叫天子突然嘴巴上生了个疔疮,别说吹唢呐,连说话都要撅着嘴。儿子急得双脚跳,谁知叫天子却不慌不忙地把他的小徒弟吴吹吹推上了场。只见吴吹吹提着唢呐走到堂前,先给寿星老板鞠个躬,然后举起喇叭碗儿比他脑壳还大的唢呐就吹。不得了啊!他声音一出来,全场都震住了,大家惊讶万分,谁也不相信会是这么一个小孩子吹出来的。老板女婿请来的那两个唢呐王不服气,想把他压下去,可尽管他们使出浑身解数,吴吹吹的唢呐声就是比他们更高一筹,委婉动听不说,还分外高亢嘹亮。那两个唢呐王气得当场吐血,吴吹吹就此声名大振,人称"吹破天"。

陈师长听老大爷这么一介绍,点点头说:"了不起,了不起,的确是高手啊!"警卫员偏起脑袋问:"首长,他吹的什么曲啊?"陈师长挺内行地说:"这曲子是明朝一个人写的,说的是明朝官吏怎么欺压百姓,让老百姓倾家荡产,他们走到哪里,就给哪里带来灾难……"陈师长沉吟道,"这吴吹吹,看样子倒是个敢说实话的人啊!"

吴吹吹又一曲吹完了,陈师长问身边的老大爷:"老人家,这死者是何人啊?"老大爷看看左右,轻声说:"就是百草堂大药房老板的儿子啊!"陈师长点点头:"这吴吹吹怕是不请自来的吧。"老大爷眼睛一亮,立刻对陈师长刮目相看:"嗨,长官真神了!你说对了啊,这吴吹吹是重情义的人,原本他们并没有请他来,谁知道他听到消息,竟然拿着唢呐来了,听说还有病在身呢。"

陈师长问:"老人家知不知道老板的儿子是怎么死的?主持办理丧事的又是谁啊?"老大爷摆摆手,说:"这我就不知道了,我得走了。"说着,赶紧抬腿走人。警卫员要跟上去拉住老大爷,被陈师长挡住了,陈师长说:"别拉他,咱们还是多听听吧。"说着,他就故意往人群里挤,注意听两边人们交头接耳的说话声。

这时候,一个披麻戴孝的人拨开众人来到陈师长面前,向陈师长作揖道:"不知长官驾到,请进屋里去坐。"陈师长问:"你就是百草堂大药房老板的女婿?"这人点点头,自我介绍说他姓米,叫米佳玉。米佳玉悲切地对陈师长说:"自从我岳父仙逝后,百草堂就交给他儿子和我一起经营。可那年月兵荒马乱的,生意难做啊!好不容易熬到解放了,眼看日子要好过了吧,不想他儿子却不幸……"陈师长点点头，说："既然人都已经去了，还是节哀顺变吧！"

米佳玉又一次向陈师长作揖道谢，邀请他进屋里去坐。陈师长摆摆手说："我就是来听听唢呐，不打搅了。"米佳玉无奈，于是就毕恭毕敬地陪在一边。

吴吹吹的唢呐声依然不断，陈师长听了一会儿，对米佳玉说："你岳父是安州有名的老中医，他创办的这个百草堂，为安州百姓解除了不少病痛，老人家在当地有口皆碑，怎么后来竟会愤恨交加、火气攻心、吐血而亡啊？"陈师长刚才在人群中侧耳倾听，已经把老板的死因大体知道了个八九不离十。

只听米佳玉叹息一声，说："唉，是可惜啊，都怪他那个儿子，因为不争气，好玩牌赌钱，我岳父是活活气死的啊！"陈师长听了点点头，什么话也没说，点燃了一支烟，慢慢抽起来。米佳玉见状，就又对陈师长作了一揖，说："长官，恕我不再奉陪，午时三刻我岳父就要出殡，我还得回去打理打理。"说罢，就回进了药房。

陈师长站着没动，凝眉听着吴吹吹的唢呐声。警卫员在一旁问："首长，是不是你又听出什么了？"陈师长指指吴吹吹，感叹着悄悄对警卫员道："这才是真正的高手啊！他在向我报案呢。"警卫员不解，陈师长轻声指点他说："你听，他在哭诉，说老板的儿子死得冤枉，还说他生性耿直，为人正道，只可惜这些年来疾病缠身，无法振兴祖业，造福百姓，以至家业落入旁人之手。"

顿了顿，陈师长又拍拍警卫员的肩，说："听，吴吹吹现在在哭老板的女婿米佳玉了，哭他私藏枪支，勾结土匪，残害百姓，为怕事情败露，害怕老板的儿子举报，竟然将其杀害，现在又猫哭耗子，装假慈悲……"

陈师长正说到这里，突然掐了烟头，说："注意了，吴吹吹在暗示我们要提高警惕，他说这里暗藏着很多土匪，而且都有枪，说不定正在计划怎么除掉我们。"

警卫员不免有点紧张。正在这时候,那个做法事的端公突然吆喝了一声:"时辰已到,准备起灵!"

陈师长快步走到黑土漆大棺材面前,唢呐声猝然停止,大家的目光立刻都聚集到了陈师长身上。米佳玉跑过来,陈师长并不理会他,问几个正要抬棺的粗大汉子:"你们要把棺材抬到什么地方去啊?"米佳玉忙不迭地替他们回答说:"抬到城外祖宗坟地。"

陈师长摸出怀表看了看,说:"不是说午时三刻出殡么,时辰还不到啊?"他话音刚落,就见米佳玉突然从身上掏出枪来,猛抵在陈师长的腰板上;与此同时,做法事的端公也将一把枪抵在了警卫员的腰眼上。那些看似抬棺的、打杂的,其实都是米佳玉手下的人,此刻也都纷纷掏出枪来。警卫员要反抗,陈师长给他使了个眼色,随后陈师长推开米佳玉抵在自己腰板上的枪管,走到吴吹吹端坐的桌子前,拱手道:"如果可以,我想借用师傅的唢呐吹奏一曲,一来送送亡人,二来也请师傅指教。"

吴吹吹二话不说,就把手里的唢呐递给了陈师长。陈师长将唢呐调了调簧哨、气牌、侵子,双手把着唢呐杆儿,脖子一仰,双腮一鼓,就挺在行地吹了起来。

这是一首什么曲子?先是悲怆激昂,仿佛千万铁血男儿手执大刀,蓄势待发;继而气势如虹,铁血男儿犹如手起刀落,血染碧空……那些土匪们一个个都听得目瞪口呆,待醒悟过来,陈师长手下的队伍不知什么时候已经将他们包围了。

吴吹吹走到陈师长跟前,赞叹道:"神吹!简直是神吹!我还从来没见过穿军装的人能像你这么会吹,而且一吹就吹来这么多天兵天将!"

警卫员在旁边得意地对吴吹吹说:"首长这一手当年在打小日本的时候就用过了!当时小号手牺牲了,首长一急,拔出唢呐就当号吹,唢呐声一响,所有的战士都从战壕里跳出来,奋勇扑向敌群。那气势呵！一仗打下来，我们大获全胜。从此，大家都记得了首长这唢呐声，所以今天首长一吹，不用发什么指令，大家就都知道是怎么回事了……"

陈师长呵呵笑着，一步上前，紧紧握住吴吹吹的手，说："要说神吹，师傅你才是真正的神吹啊！你用声声唢呐来报告敌情，要不然，我们还抓不了这么多土匪，缴获不了这么多枪枝呢！"陈师长说完，指了指那口黑土漆大棺材。此刻，大棺材的棺盖已经被战士们揭开，里面哪有老板的儿子，全部都是枪支弹药，都是米佳玉准备让手下人借下葬机会悄悄运进山里武装土匪的。

陈师长和战士们押着米佳玉这帮土匪凯旋而归，一路上，他们身后的唢呐声又响了起来。陈师长笑着问身边的警卫员："知道这个曲子是什么吗？"警卫员乐了，答道："这哪会不知道，《百鸟朝凤》呗！"

（周　丹）

（题图：安玉民）

叫儿子付钱

　　湘西某市家电用品商行开张,所有商品一律9.5折闪亮登场,店堂里热闹非凡,柜台间人头攒动。

　　9时刚过,一位五十多岁的苗家大婶挤到了家电柜台,就她那一身闪光亮丽的服饰,一看就知道这大婶家底不薄。

　　大婶人挺随和,站在柜台边许久没声张,等身旁的买客一个个付了款、提了货,随后才叫住售货员,说是要买一台质量好一点的彩电。

　　售货员热情地给大婶介绍起来。此时,一个二十来岁的长发男青年也挤到了苗家大婶身旁,看似打量着货柜上的商品,两眼却不时地左顾右盼。售货员警惕起来,苗家大婶却没在意。

　　"这彩电最低价多少?"苗家大婶问售货员。

"您老诚心要买,就1380元吧!"说这话时,售货员朝大婶一眨眼,递了个"请注意"的眼神。

苗家大婶好像没领会售货员的示意,一个劲儿地盯着货柜上的商品,继续问道:"那功放机呢? 我也想买。"

"这个……也是名牌,1288元。"售货员说着,又朝大婶眨了眨眼。

"我买下了。那对音响喇叭价多少?"苗家大婶压根儿没领会售货员的提醒。

"这个……这个……"售货员的注意力已经全在苗家大婶身边那个男青年身上了,她发现那男青年借着拥挤的人群猛地朝苗家大婶身上一靠,随后转身就想溜。

售货员吃不准男青年有没有作案,又不能眼睁睁看着苗家大婶钱财被偷,情急之下,她拉大嗓门对苗家大婶说:"大婶,你别一样一样问了,加起来要好多钱呢,你赶紧摸摸口袋,你今天带了这么多钱吗?"

售货员一语双关,可苗家大婶却依然轻轻松松一脸笑容:"姑娘,没问题,这点钱我们付得起,我有崽在旁边,还怕他不给我老娘付?"

售货员糊涂了,朝苗家大婶身旁看了一下,不知谁是大婶的儿子。这时候,就见那男青年朝售货员伸出手来:"同志,我……我付款,我的娘呀,我……我这就付款!"他手里抓着一叠厚厚的票子,都是一百元的大票。

售货员一下傻了眼:他怎么会是大婶的儿子? 她愣在那里,不敢去接这钱。

"你数数看,"苗家大婶呵呵笑着,"少了的话,让这逆子垫上。"

售货员这才敢接那叠钞票,一数,说:"大婶,还少58元。"

"伢子,快补钱!"

"我……我付。"那男青年两手发抖,脸色泛青,战战栗栗地从贴身口袋里数出 58 元,递给了售货员,随后便"扑腾"一声跪了下来:"老人家,您行行好,免了我这条小命。我肩胛骨里痛……痛得要命,我以后再也不干这号子事了。"

果然,这男青年是个小偷!苗家大婶刚才神不知鬼不觉地用"点穴术",把小偷给镇住了。

这阵子,已围着许多人看稀奇了。人群里,有人叫了起来:"这不就是报上登过的那个反扒英雄吗?开眼界,开眼界!"

苗家大婶用这种办法制伏小偷,确实开眼界,按她的说法,这种点穴法叫"放盅"。至于如何解盅,大婶最后怎么把那 58 元钱还给小偷,等等,这是后话,不提。

(肖玉桂)

(题图:魏忠善)

狼王皮的传说

　　阿五是个皮匠，专做兽皮加工。他把收购来的生兽皮，用手工制作成熟皮，然后卖给人家做皮衣、皮帽或床垫。这行业虽然辛苦，但技术性很强，早年在北方是很吃香的。

　　这天，黑风岭上的黄三捎信让阿五去收兽皮。阿五起了个大早，翻山越岭跑了四十多里路，才在后半晌赶到黄三家。因为这一带山高林密，人烟稀少，常有土匪出没，所以阿五谢绝了喝酒吃饭，只是收下了黄三送的一葫芦自制的烈性酒和几大块煮熟的野猪肉，扛起黄三事先捆好了的二十多张兽皮，就匆匆上路了。

　　哪知阿五上路不久，天就变了脸，先是狂风四起，接着又下起了鹅毛大雪，阿五睁不开眼，直不起腰，只得在一棵背风的大树旁蹲了下来,等风雪小了再走。

可是,风一个劲地刮,雪一个劲地下,阿五站起来试着走了几次,都让风雪给堵了回来。他想喝点酒暖暖身子,但又怕喝醉了,被野兽当成了酒菜。在这万般无奈的情况下,他想到了那一捆兽皮,这不正好用来遮风挡寒么!

他解开一看,大多是野兔、狗獾等小动物的皮毛,但其中有一张,不但很大,而且只是在肚子上开了一条缝,正好是个不折不扣的"睡袋"。

见了这东西,阿五乐了,也不管里面腥味有多重,便一头钻了进去,而且很快就进入了梦乡。也不知过了多少时候,阿五突然惊醒,觉得身子在向前移动,再细细一听,外面还有"呼哧呼哧"的喘气声,他这才知道情况不妙,自己被野兽看中,正在搬回去饱餐一顿呢。情急之下,他悄悄地掀开睡袋肚皮上的缝,看看究竟是什么东西在捣鬼。这一看不得了,顿时惊出一身冷汗。外面的野兽不是一只两只,只见密密麻麻全是毛茸茸的野兽腿,至于是什么野兽,他却看不清。

现在的阿五已走投无路,逃逃不走,打也打不过。等死吗?他又不甘心,决定冒一次险,把这些野兽吓跑。于是他使劲一脚踢向野兽,同时学着狼的声音嗥叫了一声。他以为狼是很凶恶的,一般野兽都怕它,这一蹬脚一吼叫,定能把它们吓跑。哪想这些野兽不但不跑,反而一齐扑向睡袋,又是抱又是叫,闹了好一阵后,才又拽起睡袋继续往前移动。阿五心想:这下完蛋,死定了。唉,摆弄了一辈子兽皮,最后死在兽皮里,也算是死得其所吧!

就这样,阿五被野兽拽呀拽,最后拽进了一个黑乎乎的洞里,放在一个高出一截的平台上。阿五知道,用不了多久,自己就成碎片了。可他等了很长时候,却听不见一点声响,于是便掀开睡袋的缝口,探出头来一看,哈哈,真是老天有眼,这群野兽一只只都东倒西歪地趴在洞里睡着了。现在不走,还等何时?可仔细一看,不行,洞口趴着好几只野兽,还有两只没睡的守着门,怎么出得去呢?

阿五明白了,这些野兽太累了,要先睡一觉再来吃我。想到吃,他觉得肚子饿得难受,便从怀里掏出酒和野猪肉,准备吃个饱喝个醉,死也好受些,做鬼也做个饱鬼。他端起酒葫芦正要喝,却又改变了主意:我为什么不把守门的野兽先灌醉呢?于是灵机一动,便撕下一小块肉,再倒上些酒,然后扔向洞口。那两只守洞口的野兽先是一惊,见了那块肉又乐了,可是肉只一块,野兽有两只,于是便开始了争夺。这一争夺,把所有的野兽都惊醒了,阿五便把所有的野猪肉都撕成小块,倒上酒扔过去,满足了野兽们的需要。野兽从来没有喝过酒,这自制的烈性酒劲又特别大,不一会儿就把它们醉得东倒西歪,没过多少时候,一只只都横七竖八地倒在地上,"呼呼"大睡起来。

这时,天已开始放亮,阿五才看清,原来这是一群狼。他再细看自己做睡袋的那张兽皮,只见额头上有几道白毛,构成了一个"王"字。闹了半天,原来这是一张狼王皮呀!他喜出望外,但又不敢多耽搁,急忙抱起狼王皮,出了洞,匆匆下了黑风岭。

一路上,他又想起了许多关于狼的传说。他知道狼是群居动物,狼王在狼群中具有绝对权威,它不仅活着时对狼群发号施令,而且死后依然受狼群顶礼膜拜,一旦发现狼王皮,狼群便奋起保护,因此狼王皮就成了宝贝,据说穿上它走兽不敢近身,猛禽不敢低飞,连鬼也躲得远远的。

阿五怎么也没想到,这样的宝贝居然会落到自己的手里,真是运气来了推不开,天助我发大财呀!于是他回到家后,就急不可待地向邻居炫耀自己的宝贝,并且还天花乱坠地大吹了一通。不用说,这狼王皮的故事很快就一传十、十传百地传开了。

一天晚上,阿五躺下不久,突然从窗户外跳进两个彪形大汉,不由分说捆起他双手,又堵住他的嘴,用刀逼他交出狼王皮。阿五知道自己遇上了强盗,为了活命,只得乖乖地交出了宝贝。可强盗得到了狼王皮,还是不肯放过阿五,又用黑布蒙上他的眼睛,将他拖走了。

阿五被抓进深山一座破旧的大庙里,强盗给他解开绳子,除去面罩,他这才看清,四周火把通明,正中摆着一张太师椅,上面坐着个黑脸大汉,眉头上有一条长长的刀疤,一看就知道这就是那个常拿人心当下酒菜的家伙,人称"黑塔",他手下跟随了几十个小喽啰,占山为王,专干打家劫舍的勾当。阿五心想:天哪,落在他手里还活得了吗?吓得一声惨叫,昏死了过去。

醒来时,他发现自己躺在一个小间里,身旁亮着支蜡烛,还坐着个人,细细一看,原来是黄三,忙问:"你怎么在这里?"黄三拍拍他的肩膀说:"不瞒你说,我跟他们是一伙的,名为狩猎,实为黑塔大哥踩点。你别怕,黑塔大哥不会杀你的。""既然你们是同伙,那你为什么把狼王皮卖给我后,又让人来抢?""唉,也怪我有眼无珠,不识货。我自从猎得那张狼皮,家里就没有安生过,天天晚上有狼群闹宅,我这才将它卖给了你。谁想那是一张狼王皮,黑塔大哥求之若渴,所以只能抢。""我把狼皮都给他们了,为什么还抓我?"

"这你放心,请你来只是想借用你的手艺把狼王皮制成熟皮,事成之后就送你下山。"阿五这才明白被抓的原因,看来躲是躲不了,逃也逃不走,便爽快地答应了下来。

第二天,阿五被关进后院一个小房间里,这房间只有一扇窗、一道门,窗上装有铁的窗栅,门是闩着的,房间里还有黄三陪同,形影不离,阿五关在这样的地方,哪怕插翅也休想逃走。可阿五也不是省油的灯,他眼睛一眨,计上心来,便将狼王皮挂到窗户上,然后开始工作。其实,他工作是假,等狼群是真。他等啊等,直等到第3天晚上,终于等来了一群狼,在窗外死盯着狼王皮,有的跳,有的嗥。从窗口往外看,还不断有狼群拥来。阿五看时机已经成熟,当即摘下挂在窗上的那张狼王皮,并且用手使劲在桌子上敲打起来。

外面的狼群见狼王皮没了,又传来"乒乒乓乓"的声音,以为是在斩狼王皮,这还了得!它们就撞开大门,拥进了大厅。大厅里正在举行宴会,黑塔为得到了狼王皮而高兴,特地宴请众喽啰,几十个大大小小的土匪都在场,正划拳行令,喝得热闹,冷不防闯进这么一大群不速之客,整个大厅顿时像炸开了锅,哭声、喊声、叫声、还有锅碗瓢盆的碎裂声,汇成一片,传出好远……

这时候,阿五却手拿狼王皮爬在梁上看热闹,亲眼看见黑塔被掀掉天灵盖,其余土匪也都一个个倒地不会动弹了,他这才说了句:"多谢众位狼兄弟!"接着把皮子向狼群中扔去。

狼群见了狼王皮,喜出望外,拖起它扬长而去,大庙又恢复了平静。

从此,阿五依然做他的皮匠。

（刘春山）

（题图:黄全昌）

舔血的狼

　　一家科研所需要用一只狼作解剖研究，得到政府主管部门同意后，委托靠山屯的村民代为捕猎。用于解剖研究的狼，皮毛、内脏都不能受到伤害，因此，捕猎时不能使用夹子和猎枪，并非易事。

　　由于政府禁猎，多年没有与狼过招的猎手老冯头手上痒痒，自告奋勇地接下了这档子事。

　　年近六十的老冯头早年以打猎为生，有猎狼绝技在身。这次，他的猎狼用具非刀非枪，而是一个紫红色的"玉米棒子"。这种玉米棒子，是用沾了兔血的三棱刮刀制成的：隆冬季节，位于松花江流域的靠山屯滴水成冰，老冯头将三棱刮刀沾上兔血放到室外，兔血转眼冻住，然后将三棱刮刀再次沾血、冰冻……如此反复多次，刀刃被兔血严严实实地裹了起来，三棱刮刀就变成了一个紫红色的玉米棒子。

就在老冯头准备出猎时，他侄子找上门来了。侄子住在几十里外的县城城郊，平时又很少往来，在这大雪封山的时候，他找上门来干什么？寒暄过后，侄子道出了此行的目的："我的一个邻居胳膊受了外伤，不但伤及骨头，而且伤口已经开始溃烂，想从大伯您这里弄些药治一治。"

以前，老冯头不但是这一带最有名的猎人，而且又是一个用偏方治伤的高手，在方圆百里负有盛名。老冯头问侄子："你邻居受伤，怎么不到医院治疗，反而舍近求远到我这深山老岭来求医寻药？"

侄子说："您是治伤高手，经您治的伤不但愈合快，又没有后遗症，县城医院哪有您这般能耐？"

老冯头端详着侄子的神色，又问："你那邻居伤在胳膊上，为什么自己不来一趟？"

侄子挠了一阵头皮，叹了口气，说："这一路上不但要挤长途汽车，还要走近十里的冰雪路，我那邻居经不起这般折腾。"

老冯头盯着侄子的脸，说："治伤的偏方倒是不缺，不过，我不知道你那邻居属于哪种伤，如何给你出方下药？"

侄子说，他的邻居受的是枪伤，并解释道："我们那里民兵进行实弹射击训练，我那邻居不知道那里是靶场，结果被流弹伤了。"

老冯头站起身，说："既然这样，你这就带我去看看那人的伤情，以便对症下药。"

侄子摆摆手说："您这么大年纪了，哪能劳您大驾？还是请您现在给出个偏方，我带回去得了。"

老冯头说不面见患者，起码也要知道对方受伤的准确时间、年岁大小、身体状况等，否则难以对症下药。侄子只好按老冯头的要求,说了那个人的一些情况。

老冯头听完了侄子的介绍,脸上露出了若有似无的笑意,说:"那我就告诉你一个有奇效的偏方——狼血泡墙头纸,涂抹伤口。"

所谓墙头纸,就是贴在墙壁上的纸,这玩意儿有的是,但狼血到什么地方去找? 侄子犯愁了,老冯头便让他陪自己去猎狼。

叔侄两人结伴走进了白雪皑皑的山林……

老冯头选好地点后,拿出了早已备好的玉米棒子,将头朝上插进雪地里,又从怀里掏出一个军用水壶,将壶中的水浇在玉米棒子旁边,转眼工夫,玉米棒子就被牢牢地冻在雪地上了。接着,叔侄两人走到下风头,选了个地方隐蔽起来,等待饿狼上钩,飘落的雪花,很快将他们的脚印覆盖了。

由于前些年人们滥捕滥杀,山林中野狼的数量已经不多了,但隆冬季节,大雪封山,断了食物来源的饿狼总会四出觅食的。

左等右等,密林深处终于出现了一只狼,狼的嗅觉灵敏,它一路寻觅,循着血腥味找到了那个玉米棒子。

那只狼好像十分饥饿,它最先企图将玉米棒子叼走,努力失败后,就开始迫不及待地用舌头舔玉米棒子,一边舔着,一双眼却在"滴溜溜"地四处张望,警惕地观察着周围的动静。

被舔化的兔血散发出强烈的血腥味儿,这血腥味儿诱惑着饿狼,它越舔越快,越舔越有力,三棱刮刀渐渐露出了锋利的刀刃,但狼并没有停止舔食。

侄子感到奇怪,悄声问老冯头:"狼的舌头已经舔到刀刃了,它怎么还在舔?"

老冯头告诉他,狼的眼睛只顾在观察四周动静,并没发现已经舔到了刀刃,而且三棱刮刀的槽很深,虽然刀刃已经露了出来,但刀槽内还遗留着不少兔血,它还得舔,"不过,就是看到了刀刃,它也不会停止,一定要把刀槽中的余血全舔干净。"

侄子又问:"它这样舔血,不怕伤了舌头?"

老冯头说:"血腥对于饿狼,类似于毒品对于'瘾君子',当瘾君子毒瘾发作、好不容易得到毒品吸食时,就是掉脑袋也不会放弃吸食。狼嗜血成性,眼下,它已经到了瘾君子那样不顾一切的地步,把不住自己的舌头了!"

正如老冯头所说,远远看去,狼迅速抽动的舌头流血不止,而它仍然没有停止舔食。侄子忍不住又问:"那家伙难道不感到痛?"

老冯头说:"狼本性贪婪,正舔到兴头上,它被血腥味勾去了魂,已经感觉不到痛了。我就是摸准了狼的本性,才琢磨出这个猎狼招数的。"

侄子算是开眼了,自言自语道:"真是怪事,舌头流血不止,它竟不感到痛!"

"就是感到痛它也不会停止舔血的。"老冯头举例道,"这就如同世上一些贪利忘义的人,为贪小利连死活都不顾,弄不好就把自己的小命也赔进去了!"

这时候的狼,舔的已经不是兔血,而是自己的血了,它舌头抽动的速度越来越快,舌头上淌出的血也越来越多……最终,那只贪婪的饿狼竟双腿一软,瘫倒在地上——它已经失血过多,连站立的气力都没有了!

这时,老冯头笑呵呵地从隐身之处站了起来,要侄子一起去捡冻成冰块的狼血。而侄子这时却两眼发直,看着远处垂死的狼发呆,口中喃喃自语道:"贪心的狼啊,为贪几口血,反把自己的小命赔进去了……"在严寒的冰天雪地里,他的额上居然沁出了一层汗珠!

叔侄两人返回村子时,老冯头指着迎面墙壁上张贴的一张纸,对侄子说:"去把那张墙头纸撕下来包狼血,这样你需要的偏方就配全了。"

　　墙壁上张贴的那张纸,是一张带有照片的"通缉令",贴上墙已有一周了:十天前,两个歹徒持枪抢劫县城城郊一家银行,行凶杀人后正要携款逃离,警察赶到了现场,当一个歹徒开枪与警察对峙时,另一个胳膊中枪的歹徒却乘机携带巨款潜逃了。警察封锁了进出该县的通道,潜逃的歹徒很可能就在该县境内藏匿,因此警方四处张贴告示,通缉歹徒。

　　看到这张"通缉令",侄子的冷汗又从脑门上沁了出来,他结结巴巴地说:"大伯,您的用意我明白了……我、我这就报案去!"他丢掉冻成冰块的狼血,撒腿向县城方向跑去。

　　原来,那歹徒与侄子曾有交往,案发后走投无路,便以瓜分那笔抢劫的巨款为诱饵,藏在侄子家里。侄子此行的目的,就是为那伤口开始溃烂的歹徒求药的……

(尹全生)

(题图:魏忠善)

鼠　痴

　　那一年,大江南北闹饥荒,普通人家别说是吃碗苞谷饭了,就连找碗菜面糊糊都很困难。

　　这一天,有个叫麻秆三的孤儿肚子饿得吃不消了,就跑到一个大户人家的门口蹲着,人家一看还没到开饭的时候,这小子就早早地跑来了,觉得有点晦气,就懒得搭理他,把门一关,忙自己的事去了。

　　麻秆三没讨到吃的,心里正急着呢,却突然看见那大户人家的墙脚处有一个鸡蛋在慢慢地向前移动。他以为自己饿花了眼,再揉揉眼睛,确定没有看错,就蹑手蹑脚地走了过去。

　　这一看不打紧,麻秆三那双小眼睛乐开了花。原来是两只灰老鼠偷了一个鸡蛋,一只仰着身子,把鸡蛋抱在肚皮上,另一只则小心翼翼地用嘴咬着抱蛋老鼠的尾巴,一步步地往窝里拖。

这麻秆三多了个心眼,没惊动这两只老鼠,等它们把鸡蛋运进洞里再出去偷东西的时候,他就找来几根稻草秆子,编成一个长把小套子,往那鼠窝里掏。嘿!没想到这一掏,竟还掏出些鸡蛋、花生和玉米来。

从此以后,麻秆三就有事没事地就去掏那鼠洞。不过他每次都只拿一点食物出来,然后把多余的重新放回鼠窝。久而久之,那洞里的老鼠闻惯了他的气味,有时候还从洞里探出头来和他打个招呼,表示友好。再后来,那对老鼠生了一窝小崽,麻秆三就不碰这鼠窝里的食物了,有时他还把自己从别处讨来的食物放进去。于是等到那窝小老鼠长大出洞的时候,它们竟把麻秆三当作了自家人。

麻秆三自从和这群老鼠交上朋友后,整个人就变得"痴"起来,啥事都不闻不问,也很少到大户人家的门口守饭吃了,因为他找到了"天上掉馅饼"的美事:那一窝老鼠,总能从外边偷回来许多食物,而麻秆三就乐得整天和他的这些鼠朋友们泡在一起。时间一长,他就掌握了这些老鼠的习性,比如说它们什么时候出洞觅食,什么时候搬家移窝。他甚至还可以通过老鼠的活动,知道季节气候的变化。后来,麻秆三干脆把这群老鼠引到家里来养着。

随着麻秆三对老鼠习性的熟悉,他尝试着训练这些老鼠来玩。嘿,还真奇了,这些老鼠居然真的能按照他的指令,绕着他的手臂转圈,到指定的地方去拖取东西。

一天晚上,麻秆三突然发现这群老鼠变得异常惊慌不安,一个个对着他"吱吱"乱叫,然后就一个跟着一个地往外面跑。麻秆三弄不清怎么回事,就跟在后面追。就在这时候,恐怖的大地震发生了,麻秆三由于跟着老鼠跑到了户外,得以幸免于难。而他的邻里乡亲们可就苦了,还在睡梦之中,就被震塌的房屋压住了，死伤无数。从那天起，麻秆三就不仅把这群老鼠当成朋友看待，更是当作救命恩人一般爱护有加。

麻秆三玩鼠避祸的事，很快就传开了。一些大城市里的人听说世界上竟然有这么有趣的"鼠痴"，就千里迢迢地赶来看，有些人临走时还给麻秆三留下钱物和食品，让他好好喂养他的老鼠朋友。邻居们也一改往日的冷淡态度，热情地把自家的空闲屋子打扫干净，供前来观奇的城里人留宿，几个月下来收入还颇为丰厚，于是就更是整天"麻大哥"长、"麻老弟"短地围着麻秆三打转转。

麻秆三也是个聪明人，一看大家对他的老鼠那么好奇，就灵机一动，选出一些反应灵敏的花毛小鼠，教它们荡绳打秋千，钻竹筒走钢丝。你别说，这一招还真灵，城里人可开眼界了，争先恐后地找他去表演。慢慢地，麻秆三的腰包鼓了起来，头抬高了，说话声音也变粗了。

随着麻秆三的老鼠会表演的节目越来越多，难度越来越大，有个叫"金算盘"的投机商看出了其中巨大的商机，就自告奋勇充当麻秆三的代理人，四处帮他联系演出，当然他自己也着实捞了一大笔好处。

春节前夕，金算盘又帮麻秆三联系了一场利润丰厚的演出，演出地点在一个小岛上。没想到，就在他们准备登上出海的船只时，麻秆三随身带的那几只会表演的老鼠，突然一下子变得骚动不安起来。麻秆三一看，知道肯定要出事，二话不说，拉着金算盘就往回跑，弄得金算盘丈二和尚摸不着头脑。结果，那只出海的船当晚遇上大风暴，沉没在海里了。

这件事，让麻秆三和他的老鼠再一次轰动了大江南北，来"朝拜"的人排起了长队，麻秆三一步登天变成了大富翁。自然，麻秆三把鼠儿们当成吉星一样宠爱有加，特地花大价钱为鼠儿们在城里买了一幢豪华大宅，整日里给它们喝牛奶吃面包，还专门雇人为这些鼠友梳洗皮毛。

慢慢地,麻秆三和他的老鼠朋友们一个个养得肚大腰圆,别说是让鼠儿们表演节目了,就连让它们一动一动都挺费事。有人上门邀请,麻秆三也不再像过去那么热情周到了,总是不客气地把手一挥,说:"今非昔比,我不想再干跑江湖卖艺的事了。"于是时间一长,社会上就开始传言,说麻秆三和他的老鼠朋友现在只知道整天胡吃猛睡,别说什么预测灾害了,就是火烧到它们的眉毛,它们也懒得动一下身。

这样一来,麻秆三的生意开始走下坡路了。麻秆三心里既着急又不服气,心想:你们这些家伙懂个啥,我自己的老鼠,我还不知道?那是现在没灾,要是真有灾了,我的幸运护身鼠还能不马上报告?

这一说老鼠报灾,这灾可就真来了!这几天,麻秆三的鼠儿们突然变得不吃不喝起来,而且还一个劲地跑肚拉稀,四腿打颤,那平常难得一动的胖身子,也开始焦躁地四处拱动起来。麻秆三一看,知道又要出大事了,而且将是一场史无前例的大灾难!他本想向外界发布消息,可转念一想,不是都说我和我的幸运鼠不灵了?这回我就让你们尝尝我的厉害。

打定了主意,麻秆三就悄悄联系房产商,让他们帮他把豪宅处理了。没想到,麻秆三发财后得罪了不少人,好多家房产商联手压价,不但不愿意出原价购买他的豪宅,就连出十分之一的成本价也不干。

麻秆三一咬牙一跺脚,狠下心来,通过房产商把这幢豪宅按照普通小平房的价格,贱卖给了一个不愿意留下真实姓名的人,然后他打发走了所有的仆人,偷偷摸摸地带着他的一群鼠儿逃回了老家。

回家后,老鼠们又恢复了常态,整天吃了睡,睡了吃。麻秆三一看鼠儿们已恢复了昔日的安详,那心才放回了肚里。他暗自思忖:卖豪宅,虽然几乎赔进了全部家产,但是只要自己的命还在,只要宝贝鼠儿们还在,这翻身的日子还在后头呢!这样想着,他的心里宽慰了许多……

平静的日子一天天地过去了,麻秆三始终没有听说外界发生什么大灾大难。他觉得非常奇怪,就托人回城打听,他过去住的那幢豪宅近期发生过什么灾祸。

打探消息的人很快就回来了,报告说:"那宅子好好的,没发生什么事。只是在你搬走前,隔壁的房子里曾经搬来过一个新住户,你搬走后没多久,这家新住户就搬进了你贱卖的豪宅。"

麻秆三听了觉得非常奇怪,怎么当时自己就没有注意到隔壁搬来过一家新住户呢?更奇怪的是,自己搬走后,这家人怎么这么快就搬了进去?难道这场史无前例的大灾难会和新搬来的这户人家有关?想到这儿,他坐不住了,便再次对打探消息的人说:"你再去帮我打听一下,这户人家搬进豪宅前后,发生过什么奇特的事没有?"

打探消息的人很快回来了,说是这家人搬来后确实出过一件不寻常的事。麻秆三一听就来劲了,果然有事发生!他心想:幸好我跑得快呀,要不就活该倒大霉了。他兴奋地追问道:"是件什么奇特的事?"打探消息的人说:"其实说起来也不算太奇怪,那户人家在搬到你隔壁住的时候,买了上百只猫回来喂着,等你搬走以后,他们又把所有的猫全都给卖了,然后才搬进你的豪宅。听说这家人姓金,好像叫什么金……金算盘!"

"啊!"麻秆三听到这里,大叫一声,眼前一黑,晕了过去。

(任瑞甡)

(题图:魏忠善)

聪明的鼠王

　　话说清朝末年,江南歙州的一个小镇上,有一个姓胡的财主开着一家榨油铺,每年夏天代客户加工菜籽和黄豆。

　　这年夏天,黄豆大丰收,榨油铺的仓库堆满了黄豆,雇工们每天都得干到半夜才休息,躺倒后个个鼾声如雷。

　　为了防贼,胡财主让他的堂叔胡大麻子白天休息,晚上守夜,专门照看仓库里的黄豆、豆饼和香油。

　　这天夜里,胡大麻子熬到了下半夜,实在有些撑不住了,就想活动一下筋骨,驱驱瞌睡虫。就在这时,忽然听到前间传来了一阵“吱吱”的鼠叫声。

　　胡大麻子忙擦擦昏花的老眼,仔细观察起来:灯光下,但见大大小小约有百来只老鼠,争先恐后地从那扇半开的木门进了仓库,一进门就直奔十来只大油缸。胡大麻子心里一乐,暗道:"这些笨家伙,那油缸差不多有一人高,外面的瓷面光溜圆滑,连壁虎也不易上去,老子看你们怎样偷油吃!"

果然不出所料,那一大群老鼠四散开来后,一群一群地围着一只只大油缸又蹦又蹿,"吱吱"乱叫,可折腾了半天,没一只能爬上缸去。

胡大麻子心想:老鼠吃不到香油,肯定要去偷吃黄豆,于是就悄悄地拿起身边的竹扫帚。不料,老鼠们一反常态,交头接耳了一阵后,就先后溜出了仓库。

大约过了半个时辰,胡大麻子又被一阵鼠叫声吵醒,睁开朦胧的双眼一看,还是那群老鼠,心里便有了几分愤怒,正要起身操家伙给它们点厉害瞧瞧,忽然他发现鼠群外匍匐着一只硕大的老鼠,足有一般老鼠的三倍大,全身皮毛发黄,两只贼眼发出蓝汪汪的异光。

胡大麻子活到五十多岁了,还从来没见过这么大的老鼠,但他知道,这就是人们传说中的鼠王,好奇心一起,便想看个究竟。

这时,那只大老鼠"吱吱"叫了两声,鼠群竟然安静了下来,然后有秩序地将那只大油缸包围起来,等待着大老鼠下达命令。

大老鼠又"吱吱"叫了两声,然后把头一低,开始用嘴啃地面的泥土,啃了几口,又抬起头来,望了望那群等着它发令的鼠儿,发出几声低沉的吱叫。

那群老鼠似乎明白了头儿的心意,低头用爪子和嘴啃刨起缸边地面的泥土来。

胡大麻子弄不明白它们要干什么,越是好奇,越想弄个明白,他屏住了呼吸,静观事态的发展。

不到两袋烟工夫,那只大油缸前面的地面已被鼠群刨出了个小坑。

胡大麻子暗道:这些家伙莫不是以为油缸是漏的,想钻到底下去吃油？看来那鼠王也真是笨到家了，下这样的命令。

谁知，接下来发生在眼前的事，却让胡大麻子目瞪口呆！

只见那群老鼠不停地刨土，很快刨空了前面的大半个缸底，接着，它们继续挖前半个缸底下的泥土，然后向侧面掏。大约过了一刻钟，奇迹出现了，那盛满香油的大缸慢慢向前倾斜过来，群鼠又分到了两侧，继续掏挖，油缸的倾斜度逐渐增大，终于，在群鼠们的欢叫声中，缸里的香油从倾斜的一边流了出来。

有十来只较大的老鼠过来把鼠王抬了过去，像是拥着它们的英雄。于是鼠王便和它的"臣民们"一起分享胜利的"战果"，它们一边吃着从上面流下来的喷香的豆油，一边发出欢快的叫声。

胡大麻子好一阵子才从惊叹中清醒过来，总算没忘了自己的职责，他操起那把大扫帚，冲过去猛砸那些得意忘形的老鼠。十来只大小鼠儿当场毙命，其余的鼠儿见机不妙，惊叫着逃出了仓库。

可奇怪的是，那只鼠王仍匍匐在油缸边，瞪着蓝幽幽的贼眼，盯住胡大麻子，眼睛里似乎充满了仇恨。胡大麻子犹豫了一下，还是狠狠地打了下去，鼠王发出几声惨叫，终于抽搐着身子，鼓着突出的眼珠，伏在那儿不动了。

胡大麻子实在想不通，那鼠王为何不逃命而去，难道它真的不怕死？他捡起鼠王的长尾巴来到油灯前，上下察看一番，这才弄明白，那鼠王原来是一只没了四条腿的残疾鼠！那四条腿是怎样没有的，自然无从考究，但对鼠王的聪明机智，胡大麻子却是由衷地叹服！

（江永年）

（题图：蔡解强）

爱 恨 并 存

爱与憎在本质上是同一种感情，只不过前者是积极的，而后者是消极的而已。

茶壶的秘密

故事发生在六十年代初。

春江饭店的秦奶有件心爱之物，一把看似普通的紫砂茶壶，壶把中还断了一截，用紫铜皮精心镶补的，只是那壶久经年头，已经紫得发亮。对这个壶，镇上人说什么的都有，最玄乎的传说是说它是个宝壶，壶里茶水可以三年不坏。

每天早晨打扫完店面，秦奶总捧出她的壶，踱到店堂里那张方桌后面落座，双目微合，半天呷一口茶，就好像老和尚入定一样，那心思也不知飞到了哪个年月。

秦奶对那壶爱惜得出奇，终日不离手。当时市面上物资缺乏，连油条也要凭票购买，秦奶每次买回自己那份油条，总剩下一截舍不得吃，用它反反复复地在紫砂壶上摩擦，浸油的壶身更加光亮莹润！时间久了，秦奶擦壶竟成了小镇上的一景。

　　店里新来的一个会计叫小孙，也注意到秦奶的茶壶，就是弄不清这里面有什么蹊跷：说是宝贝吧，也不见得有啥特别；说是古董呢，好像又没那么老。

　　当着面，小孙不好意思问。这一天，来了机会。秦奶正在大方桌前品茶，后面客房有人叫，秦奶急忙站起往里走，这回大意失荆州，那壶竟忘记随手带走，留在了桌子上。

　　小孙一时好奇，忙拿个茶杯奔过去，端起茶壶就倒，哪知情急之下一个失手，"叭"地一声壶盖滑落到地上，碎成了两片。这一声响，急惊风般惊出两个人，先到的店员老古见状连连跺脚道："小孙啊！这壶是秦奶的命根子，你闯大祸了！"他下意识地捡起两片壶盖，还想往一块儿合。

　　紧接着赶来的秦奶见了这场景，好像雷轰了一样，立刻脸色煞白，站也站不住了，她指着小孙："你——你——你——"就是憋不出一句囫囵话，抢起了巴掌，在空中停了好半天，又无力地垂了下来。

　　小孙自知理亏，忙掏出五块钱，说："我赔。"没想到秦奶对那钱看都没看，一把揪住小孙的衣领，终于火山爆发似的喷出一声吼："你赔得了吗！"

　　僵持中幸亏秦奶的独生子至孝来店里，才替小孙解了围。

　　至孝进门见此情景，心中已明白了七八分，他微微地皱了一下眉，接过老古手上的两片碎壶盖，柔声对秦奶说："妈，您放心，我有个朋友在工艺品厂工作，请那里老师傅补了，保证跟原来一模一样！"

　　果然，不出三天，秦奶又捧起了那把茶壶，那壶盖乍看之下还真是天衣无缝呢！小孙心里的一块石头终于落了地。

　　经过这件事，小孙对这把壶的秘密更感兴趣了。他知道老古和秦奶是多年的老交情了，当年秦奶是这爿店老板娘的时候，老古就是店里的伙计。小孙几次问老古，老古都只是笑笑，支吾两句就把话题岔开去了。

这以后，小孙发觉老古也有点怪。老古酒后爱唱，一次又哑着嗓门唱《游龙戏凤》中那句"孤家打坐在梅龙镇上"。秦奶忍不住劝他："别老是孤家孤家的，遇到合适的，该找个老伴啦！"老古借着酒劲，脱口而出："眼前就有个……"秦奶没容他说完，转身就走，甩过一句："这辈子我只认你为兄弟！"噎得老古直拔胡子。

俗话说，天有不测风云，人有旦夕祸福。刚转过年，一向身体硬朗的秦奶突然病倒了，一日重似一日，辗转大小医院，都说治不了，眼看着就不行了。

秦奶病危期间，至孝日夜守护，累得人瘦脱了形。最难的是服药，秦奶的神志一时清醒，一时糊涂，但牙关始终紧咬，拒绝喝那些至孝投医得来的偏方汤药。至孝抱着一线希望苦苦相劝，可是磨烂口舌都不管用。他忽然心头一亮，把煎好的药汁倒入秦奶那已久不泡茶的茶壶里，忐忑不安地将壶嘴凑近秦奶唇边。奇迹发生了，秦奶竟含着壶嘴，一口一口将药往肚里咽。

一旁的小孙看得发呆：莫非这壶真是个宝贝，倒进的苦药能变甜？

这天晚上，小孙提了两瓶烧酒、一包花生米，走进了老古的小屋。几杯酒下肚，老古终于开了口："你也莫怪秦奶那天发那么大的火，我先给你讲个真事儿吧。"他捏了两颗花生米到嘴里，慢条斯理地讲开了：

"好些年前，一个下午，我们刚吃过午饭，一条家蛇从梁上掉下来，正好落在秦奶的茶壶边，至孝操起擀面杖就砸，结果蛇没打到，倒把壶把砸断了。秦奶一口咬定至孝打蛇是假，砸壶是真，气得卧床不起，不吃不喝整整两天，急得至孝像热锅上的蚂蚁，连夜找铜匠镶好壶把，然后跪在秦奶床前苦苦求饶……"

小孙听了更糊涂："这壶到底贵重在哪里呢？"

老古愣了一会儿，"咕咚"灌下一大口酒，说："壶倒是没啥贵重，可你知道它原来的主人是谁吗？"

"是谁？"

"胡鹤鸣！"

"哪个胡鹤鸣？"

"还有哪个？就是那个说书的胡鹤鸣呀！"

"噢！"

胡鹤鸣这个名字小孙还是从镇上老一辈人那里听来的，据说他当年说书时倜傥风流，一时无双。

"秦奶的丈夫是个大烟鬼，抽足了烟还要出去鬼混，所以秦奶夜夜去听胡鹤鸣说书。胡鹤鸣的案头总不离一把紫砂壶，讲几句端起'吱溜'一口，每晚上，秦奶都要给壶续几次水……"

小孙听得津津有味："后来呢？"

"唉，胡鹤鸣闲云野鹤惯了，没几年就离开小镇，再也没回来过，临走就留给了秦奶这把茶壶……不久，秦奶的丈夫也死了。"

说到这里，老古忽然显出怅然的样子，一仰脖，把杯里的酒喝了个净，长叹一声。

小孙还想问什么，老古却再也不开口了。

死神终于临头，秦奶弥留之际，双目紧闭，只剩下一口气在呼噜。老古、小孙都赶来了，大家屏息注视间，秦奶一只枯槁的手从盖被下伸出，朝床头柜上颤颤地乱摸。至孝忙端起壶要给她喂水，秦奶牙关紧咬，只是用手在壶身上摩挲。突然她睁开浑浊的双眼，定定地盯住那把茶壶，呼吸更趋急迫。看她那难受样，老古靠近床前说："秦奶，你该走了，你的儿孙都在送你，你还有什么不放心的？"但秦奶那口气就是不断。至孝半跪在床前，哽咽着对秦奶说："妈，你是想把这个茶壶放进棺材里陪葬吧？儿子一定照办！"这句话真灵，秦奶听了，竟含笑地合上了眼睛。

秦奶说走就走了。老古当晚染了风寒，第二天怕冷发热起不了床,秦奶马上要入棺,老古要小孙去看看至孝有没有把茶壶放进棺材。小孙回来说放了,老古这才吁了口气,跷起大拇指赞道:"一大孝子!"

又过了几天,小孙去给至孝送补助费,却吃了闭门羹。大白天闩门干什么?小孙扒着窗户往里张望:只见至孝面壁而立,手里拿着一把茶壶。小孙觉得眼熟,再定睛一看,那壶把上镶着紫铜皮!

小孙差点叫出声来,至孝那天放进棺材的是把假壶!

接下去发生的事,要不是小孙亲眼看见,他说什么也不会相信:至孝缓缓举起那把茶壶,拿壶的手青筋暴绽,然后猛地一下,那壶被狠狠砸到地上,四分五裂!同时,小孙听见至孝发出一声闷吼,犹如一只受伤的小兽,随即,双肩剧烈地抽搐起来。

小孙吓坏了,扭头直奔老古的小屋,把看到的一股脑儿地说给老古听。老古听完,放下手里的酒杯,半天没言语。

小孙以为老古也吓傻了,追问道:"至孝当初补壶,现在又砸壶,这到底为什么?"老古长舒了一口气:"你听个故事就明白了。从前有个寡妇,和一个和尚私通,他们隔河相住,每次和尚都要多走好多路从上游绕过来。寡妇儿子长大后,竟不怕劳苦地在附近河上架起一座小桥,给和尚提供了捷径。寡妇死后,孝子厚葬了母亲,然后在一个月黑夜摸进庙里,一刀把和尚宰了。"

小孙听了,还是有点儿丈二和尚摸不着头脑。

"这叫搭桥顺母意,杀僧报父仇。当年胡鹤鸣开篇常说这个故事!"老古端起酒杯,又"咕噜"一口,叹道,"古今多少事,都付笑谈中!"

(杨福生)

(题图:谭海彦)

生死伴侣

布郎山上发现了狼和狈……

第一个看见狼和狈的是乡里的邮递员,据他说,那天他到布郎山村委会去送邮件,晚上喝了一点酒,趁着月色从山间小道下山来,手里提着村主任送他的一块腊肉。快到半山腰时,突然觉得身后有"窸窸窣窣"的声响,回头望去,山道上飘浮着四只绿荧荧的"小灯笼",他赶紧拧亮手电筒,一束强烈的光柱照去,他看见一只高大的狼,驮着一只瘦小的狈正朝他迅速追来……邮递员吓得扔下手里的腊肉,转身就跑。"幸亏我提着那块腊肉,不然的话,我就成了那畜生的晚餐了。"邮递员心有余悸地说着,"谁斗得过狼狈呀,连老虎见着狼狈都会吓出汗来呢!"

民间流传着许多关于狈的故事,说狈会模拟各种鸟兽和人的声音,偷鸡时,会像下蛋的母鸡那样"咯咯"叫,把公鸡引诱过来,然后一口咬断公鸡的脖子……是一种比狐狸更狡猾的动物。但狈虽然头脑特别发达,却体小力弱,尤其是两条前腿很短,不善行走,要靠狼背着才能行动……

三个月前,曼广弄寨的老猎人波依丁在布郎山上埋了一副捕兽铁夹,过了两天去收时,发现铁夹已经碰倒了,夹子里夹着两只黑毛兽爪,这只能是狼,只有狼才会在不小心被捕兽夹子夹住脚爪后,能残忍地咬断自己的膝盖,用高昂的代价从捕兽夹下死里逃生,其他任何动物都下不了这个狠心。狼这样凶残,它又有强健的体魄,现在它又把狈驮在自己身上,和狈狡诈的头脑合二为一,这样一来,连猎人都束手无策了……

在乡邮递员发现狈的两天后,又有村民目睹了狼和狈潜进村子、咬死家畜的情景。

布郎山上出现了狈的消息不胫而走,很快惊动了省动物研究所,他们派了个姓孙的研究员下来,组织曼广弄寨的全体猎人上山围剿。他们在山上整整搜了半个月,最后在荒草丛生的乱石沟边发现了那一对狼狈,狼是黄的,狈是黑的。

一声唿哨,二十条猎狗像拉开的一张网,撒下山坡……

狼和训练有素的猎狗奔跑的速度差不多快,但此刻黄狼驮着黑狈,如同背了一个包袱,速度明显比不上猎狗,彼此的距离越来越短,不一会儿,猎狗们追了上去,把黄狼和黑狈团团围了起来。

好一场惊心动魄的厮杀:几条猎狗在正面和黄狼激烈撕咬,一条白狗绕到黄狼背后,一口咬住黑狈的一条后腿,把它从黄狼的背上拉了下来。四五条猎狗立即围了上去,你一口我一口,毫不留情地对黑狈进行攻击。黑狈寡不敌众,不一会儿,肩胛、脊背和后胯就被狗牙咬破,浑身都是血,它直起脖子"嗷嗷"地嗥叫着,向黄狼求救。

这时的黄狼陷在十几条狗的包围圈里，但它勇猛善战，咬断了一条黄狗的前腿，不过它的一只耳朵却成了猎人波依丁养的那条大花狗的战利品。听到黑狈的求救，黄狼不顾一切地冲出包围圈，向黑狈赶来。狗儿们丝毫不放松，紧跟着追了上来，有的咬腿，有的咬屁股，大花狗则一口咬住了黄狼那条又粗又长的尾巴，坚决不让黄狼靠近黑狈。大花狗的战略是：把狼和狈分割包围，各个歼灭。

此刻，只见黄狼狂嗥一声，强行向被包围的黑狈冲去。突然，黄狼的尾部爆出一团血花，它的尾巴被大花狗咬断了，但它好像忘记了疼，闪电般地扑翻了两条猎狗，冲到黑狈身边，趁狗群混乱之际，重新驮起黑狈，向乱石沟左侧的一片荒地仓皇逃窜。

这当然是徒劳的，才几秒钟工夫，溃散的狗儿们又聚拢在一起，凶猛地追了上来。黄狼驮着黑狈，一会儿又被跑在最前面的大花狗缠住了。黄狼转身迎战，一蹦，黑狈就从它背上"咕咚"滚了下来。看来，黑狈负了很重的伤，它没有力气在黄狼背上骑稳。黄狼用身体挡住大花狗，扭头朝黑狈叫了两声，意思大概是让黑狈赶快逃命，它在后面掩护。黑狈拱动着身体，歪歪扭扭地向那片荒地跑去，可它的速度实在太慢了，眨眼之间，狗群就涌了上去，兵分两路，又把黄狼和黑狈分割包围起来。

这时，黄狼要是撇下黑狈是完全有可能死里逃生的，它虽然断了一条尾巴，但没受致命伤，而且包围它的十几条狗畏惧它的勇猛和野性，不敢靠得太近，包围圈显得松松垮垮，很容易冲开缺口。

果然，黄狼瞄准最弱的一只狗猛扑上去，利索地一口咬断狗脖子，其他狗被震慑住了，都停止了攻击，黄狼乘机突出重围，飞快地向远处逃去。

黑狈那里，包围圈越缩越紧，狗们扑到黑狈身边，拼命撕咬。

黑狈躺在地上，浑身鲜血淋漓，嘴巴一张一翕，发出了一声声哀嗥："嗷——嗷——"

已经逃到远处的黄狼像触电似的停住了脚步……

"嗷——嗷——"黑狈那如泣如诉的哀号声从不远处传来……

黄狼"刷"地回过身来，谁知就在这时，大花狗已经追到了它的身后，眼疾爪快，一爪子把黄狼的一只眼睛抠了出来，像玻璃球似的吊在眼眶外。黄狼凄惨地嗥叫一声，仍奋不顾身地朝黑狈所在的位置冲去。狗儿们蜂拥而上，乱扑乱咬，一眨眼，黄狼就满身挂彩，被狗扑倒在地上，可它仍顽强地朝黑狈爬去，爬了几十米，在地上"拖"出一条长长的血痕……

这时，猎人们和那位文质彬彬的孙研究员走了过来，围着满身血污的黑狈瞧稀罕，不知谁说了一句："这畜生还怀着崽呢！"大家一看，黑狈的肚子果然鼓鼓囊囊的，还一跳一跳地在抽搐，想来是里头的小生命还没死，还顽强地蠕动着。

孙研究员瞟了黑狈一眼，一脚踹在它的肚子上，嘟哝着说："活见鬼，这哪里是什么狈，是狼，是条黑母狼，它的两只前爪是被什么东西轧掉的，所以短了一截……"

众人大吃一惊，仔细一看，果然，尖尖的嘴，蓬松的尾，竖立的耳，模样和狼一样，再看那两只短短的前腿，没有脚爪，茬口露出骨头，很明显，这不是一双天生的短腿，而是一双残废的腿。大家突然想起，三个月前，波依丁的捕兽铁夹曾经夹住过两只狼爪……由此看来，事情大概是这样的：黄公狼和黑母狼住在森林里，它们相亲相爱，母狼怀孕了，日子过得很甜美。有一天，母狼肚子饿了，出去找食，不小心被猎人暗设的捕兽夹子夹住了前腿，为了逃生，它只得咬断了自己的腿。黄公狼没有嫌弃自己的"妻子"，它把已无法行走的"妻子"背在身上，恩爱相助，风风雨雨，跋山涉水，至死不渝……

村主任把猎人波依丁喊了过来，指着地上的黄公狼和黑母狼说:"它们归你了,趁身子还热乎,快剥皮吧……"说完,他就带着猎人们回去了。

山野里只剩下波依丁和两条死狼。波依丁没有拔刀剥皮,他挖了一个很深的坑,先把黄公狼放下去,再抱起黑母狼,让它骑在黄公狼的背上,两只残废的前爪紧紧搂住黄公狼的脖子,两张脸亲昵地相偎在一起,他觉得这个姿势,无论是生是死,是人是兽,都是很美丽的。

随后,波依丁往坑里撒下一捧一捧的土……

(沈石溪)

(**题图**:黄全昌)

王林救娘

　　清乾隆年间,山东东平府王家庄有个远近闻名的孝子,名叫王林。这王林幼年丧父,由母亲一手拉扯大,所以他特别感念老娘的养育之恩,长大之后,对娘的衣食住行照顾得无微不至。

　　这一年的夏天,一向身体硬朗的娘突然四肢无力,不吃不喝,恹恹的提不起精神。王林急得不行,带着娘四处求医,吃了不少的药,可病不仅不见好转,反倒一天比一天厉害,最后竟渐渐耳聋眼瞎,卧床不起了。四邻乡亲都跟着着急,纷纷帮他出主意。听人说百里外的张家庄有位神医,不仅治病治得好,还能预测人的生死呢,王林急忙带着干粮背上娘,翻山越岭,赶去求医。

　　神医一看就知道王林是个难得的大孝子,连忙替他娘问诊把脉,不敢急慢。把脉过后,神医沉吟良久,不肯开口。王林急忙道："先生有话尽管说，我娘一点也听不见。"神医点点头，说："我知道她听不见，我是在想应该如何对你讲。是这样：你娘的病已经没救了，你把她领回家，好吃好喝地尽尽孝心吧，你娘绝对挺不过七七四十九天。"

听了这话，王林悲痛欲绝，想起小时候娘含辛茹苦养育他的一幕幕，止不住的泪水直往下流。来时满怀希望，归去心痛欲碎，回家路上，王林背着老娘唏嘘不已，亏得娘看不见，也听不见。

半道上歇脚，娘说："儿啊，我饿了。"王林急忙去取干粮，这才想起干粮袋和水壶都已空空如也，不由后悔自己只顾悲痛，忘了向神医讨些吃喝。娘听不见，解释也是白费，王林赶紧又背起娘上路，只希望早些到家。行至半山腰，王林见一杨树上有老鸹窝，心中一喜，放下娘，"噌噌噌"爬了上去，一看，大的老鸹都飞走了，只剩下一只身上还没长毛的小鸹。王林捡些树枝拢起一堆火，烧熟了鸟崽，一口一口喂娘。

娘吃得津津有味，吃完了说："儿啊，我想喝水。"王林在山间转了半天，也没见有溪水或山泉，只好背着娘继续赶路。走了一段，一个骷髅头拦住了去路，王林吓了一大跳，正要绕开，忽见那骷髅里装着一汪清水，水里游动着两条蚯蚓，王林不由心中一动：与其让娘渴着难受，不如就让她将这水喝了。王林忍住心里的害怕和恶心，用手拨去那两条蚯蚓，小心翼翼地把水喂给了娘。

翻过大山，就是一个村庄，王林背着娘敲开了一户人家，想讨些水和干粮。这家的媳妇刚刚生了一个儿子，盛好的一碗"定心汤"还没喝，见了病恹恹的老太太，善良的一家人急忙把那汤端了过来。刚刚做了爸爸的男人又拿来八个染了红皮的鸡蛋，说："我们家养的一只黑母鸡，就下了这八个鸡蛋，快拿着路上吃吧。"王林一听产妇还没吃，哪里肯要，再三推让之下，主人硬是剥开一个大的，竟是双黄，硬让王林娘吃了，又喝完了那碗定心汤。

谢过热情的一家人,王林背着娘又走了一天,终于回到了自己的家。王林每日里更加精心地侍奉娘,悲伤地估计着娘所剩的时间。

谁知看病归来,娘的病非但没像神医预言的那样日渐加重,精神反倒一天天见好,而且眼睛也一点点看见了东西,耳朵也一点点听见了声音,竟渐渐地能下地走动了。王林虽欣喜若狂,但还怕娘是临死前的"回光返照",惴惴不安地等着七七四十九天的到来。直至那一天过去,娘分明已恢复得像没病时一样了,才感到是受了神医的捉弄,四十多天的悲伤、担忧一股脑儿化作了气愤,王林翻山越岭,去找神医要个说法。

神医听罢王林一番愤怒的声讨,大为惊异,一番询问之后,他拍拍王林的肩,说:"小伙子,你消消气,听我慢慢解释。你娘的病不是不能治,而是治病的药方极难凑得这样齐和巧。当初我见你是少有的孝子,怕你为凑这几样药受无用的煎熬,也就没敢告诉你。我想你是无论如何也不能在四十九天之内找到这些东西的。"

王林惊异道:"是什么东西?"

神医娓娓道来:"乌鸦孵了七只崽,来了一只是凤凰;人脑壳子装雨水,两条红龙在闹江;善人生贵子,头碗定心汤;乌鸡下八蛋,头蛋是双黄。你自己说说,要把这些东西凑在一起,难不难?"

王林听着神医的解释,如梦初醒:这正是背着娘在回家路上吃过的东西啊!

知道了王林母子俩的奇遇,神医叹道:"孩子,这是你的孝心感动了上苍,是神灵在帮助你们啊!"

(吕艳茹　搜集整理)

(题图:黄全昌)

铜钟婆婆

正定古城紧靠着滹沱河。在很早的时候,有一次发大水,浑浊的河水翻滚着大浪头,冲来了檀条、柜箱和椽子,连几丈高的带根大树也裹在水里打滚。后来河水慢慢退了,河滩上留下了很多人和牲畜的尸体。

在一个月色朦胧的夜晚,人们看到河滩上有一个东西在发光,月亮明,它也明,月亮暗,它也暗。大家议论着、猜测着,都害怕了,是不是鬼出现了?

第二天,几个胆大的人凑到一起,决定去看个明白。他们壮着胆子走近一看,嗨,原来是一口大铜钟!这口铜钟高过人头,三四个人抱不过来,黄灿灿的,耀得人睁不开眼。

这消息立时在正定城内传开了,知府派了几十个精壮民工,将大钟拉到了开元寺。和尚们非常高兴,募来民工,为这口大铜钟修了一座钟楼,吊在楼顶。老法师在楼前焚过香,派一名胖和尚撞钟。那胖和尚撞了一下,大铜钟的响声又短又哑;又撞了几下,还是那样。老法师好不扫兴,马上找来当地的工匠察看。工匠摸了半天,最终也没说出个缘由来。

老法师无可奈何,只得呈报知府。知府不相信,又出了告示:谁能修好正定城开元寺里的大钟,赏银一百两。告示贴出后,许多能工巧匠先后来到寺里,但没有一个能将钟修得好的。

一晃三年过去了。有一年冬天,正定南关的一个乡民赶着毛驴车进城卖菜,快到南门时,见道旁站着一个老婆婆,满头银发,飘然若仙,两眉间那颗红痣特别引人注目。老婆婆向乡民问安,请求搭车进城,乡民问她进城干什么,她说:"我去找丈夫。坐你的车,一定给你捎脚钱。"

老婆婆坐着车到了开元寺门口,对乡民说:"如果我不出来,就到钟楼上找我。我若不在,你就撞钟,一撞钟我就出来了。"

老婆婆进寺里去了,乡民在门外等呀等呀,等得不耐烦了,便进寺里,到钟楼上去找,可连老婆婆的影子都没有,他便用力撞起了铜钟。这一撞不要紧,大铜钟"嗡嗡——当当——"如滚滚惊雷,直震得古柏上的浓霜"哗哗"落地,直惊得乌鸦"呱呱"盘飞。而且,层层砖塔角上的小铜钟也被震得摇摆起来,和着大铜钟的余音,响遍正定古城。老法师瞪圆了眼,知府翘起了须,百姓们走上街头,互相询问声响的由来,连正定城四关八村的乡民都停止了劳作,惊奇不已。

三年不响的大铜钟今天忽然响了,人们好不欣喜,男女老少赛跑似的奔向钟楼。只见那个卖菜的乡民张大着嘴,两眼直勾勾地愣在铜钟前头,他完全惊呆了,见人盘问,才如梦初醒,恢复了常态,于是便把敲钟的前前后后说了一遍。老法师马上命和尚找老婆婆,可是和尚们寻遍了整个寺院,还是连老婆婆的影子也没找到。

这件事当天就传遍了正定城。那几天正是庙会，有一个卖皮货的山民听了，说道："你们说的这个老婆婆，面容、年纪都像我们家乡那位白发铜钟婆婆。三年前她被水淹死了，死后常常在当地显灵。"

听的人都甚感奇怪，问这问那，卖皮货的山民索性从头讲起：

"我家住在滹沱河上游的一个山坳里，每年闹水灾，人们吃了不少苦。这里住着两位铁匠，一位姓张，一位姓李，为了拦阻洪水，两人组织民众修筑了大河堤。有一次，突然来了山洪，把河堤冲了个大缺口，当时人手少，堵不住，他俩忙派人到各山沟敲锣喊人，大家齐心协力，总算把缺口堵住了。两位铁匠想，决了口再到处喊人，总不是好办法，于是便发动当地山民献铜，然后两人各铸了一口大铜钟。他俩在河堤上支了两个架子，一个在西，一个在东，相距十几丈远。两口大铜钟就吊在架子上，张铁匠对人们说："一口钟响，大家赶紧加高河堤；两口钟一齐响，大家就马上集合堵缺口。"这办法真顶用，自从安了大铜钟，我们山坳再没有挨过大水淹。

"张铁匠有个儿子，生得膀宽腰圆，红红的脸，方方的下巴，下巴上有一颗黑痣，笑声像铜钟响。为了铸大铜钟，他把自己心爱的练功铜槌都献上了。李铁匠有个女儿，生得圆肩细腰，白白的脸蛋，两道黑黑的眉间长着一颗红痣，笑声像银铃响。为了铸大铜钟，她把自己心爱的铜手镯都献上了。这两人打小跟父亲摸惯了铁锤、铁钳，是父亲打铁的好帮手，两人又是青梅竹马，于是长大后便结了姻缘。后来，两位铁匠相继去世，小夫妻继承了双亲的家业，又承担了敲钟报警的差事。夫妻俩为了及时报警，将家搬到河堤边，他俩升起红红的炉火，为庄户人家打镐头、镰刀、粪叉，有了空闲，便跑上大堤擦拭铜钟，你擦一个，我擦一个，有时两口子合擦一个，妻子擦着擦着就唱起歌来：'月儿亮光光，大河流水长，菜畦绿呀柿子红，铁锤响叮当。滹沱滚滚浪，浪飞蓝天上，大堤高高铜钟亮，大灶红呀金谷香。'妻子欢快地唱着，丈夫幸福地听着。我们山里人都爱听她的歌，那时我们叫他俩铜钟大哥、铜钟大姐。

　　"一年又一年过去了，铜钟大哥成了铜钟公公，铜钟大姐成了铜钟婆婆。几十年里，两人为百姓报了多少次警啊！人们都打心底里感激他俩。那两口大铜钟也怪，别人要偷偷去撞，声音又哑又短，他俩要是去撞，就特别响亮。有人听见过，他俩在钟边叙话时，铜钟还'嗡嗡'作响呢。人们都说几十年的擦拭抚摩，他俩的心都熔到铜钟里了。

　　"三年前的一天，老天爷下起了阴雨，铜钟婆婆生了病，铜钟公公细心服侍她。那天早晨，铜钟公公听到河里的涨水声，急奔大堤，铜钟婆婆挣扎着起床，随后跟出门去。铜钟公公刚奔到铜钟下面，谁知一个小山似的浪头铺天盖地而来，铜钟公公和那口大钟一下子就被恶浪卷走了。铜钟婆婆披散着白发拼命地朝另一口铜钟跑去，一边跑一边喊："老头子——撞钟！"她还没跑到跟前，那钟就自己'嗡嗡'地响起来，等她跌跌撞撞跑上大堤时，那钟声更响了。

　　"铜钟的响声震动了所有的山民。铜钟婆婆披着湿漉漉的白发，望着滚滚咆哮的河水，扬起手，拖着长声喊她丈夫，大铜钟也'当当当'地响着……忽然，铜钟婆婆看见她丈夫抱着大铜钟浮上水面，向她挥了挥手，又马上沉下去了……大铜钟不响了，铜钟婆婆不喊了，只听到'哗哗'的雨声和呼啸的潮水声。人们跑到大堤上，看见铜钟婆婆和大铜钟神奇地飞向河中，箭一般地追赶铜钟公公去了。

　　"山民们先后赶到，大家有的堵缺口，有的沿河追着去救铜钟公公和铜钟婆婆。缺口倒是很快被堵住了，可是铜钟公公和铜钟婆婆两位老人却再也没有找到。每当夜深人静的时候，大堤上常常传来铜钟婆婆隐隐约约的叫声：'老头子——撞钟！老头子——撞钟！'人们都为铜钟婆婆伤心落泪，她一定还没有追上自己心爱的丈夫……"

卖皮货的山民伤心地说："现在这个老婆婆说是来找丈夫的，我看她准就是那个铜钟婆婆！她托卖菜人敲响大钟，其实是在喊她的丈夫啊！真希望他们两口子现在能团聚啊！"

在场的人都被这个美丽的故事打动了，大家一致决定，就把这口大铜钟叫作"婆婆钟"。

（杨阳阳）

（题图：黄全昌）

双面绣传奇

江南苏州,暮春时节,草长莺飞。

五年一度的"选绣"大赛,半个月后就要举行了。这选绣呀,可不是皇帝选秀女,而是选出江南地区刺绣最好的姑娘,有幸当选的姑娘称为"绣魁"。得知这一消息,许多女红高手都摩拳擦掌,跃跃欲试。要知道,如果谁能夺得"绣魁",除了一笔十分可观的赏银外,她还能够统领江南绣工。这样的机会,五年才有一次啊!

出身贫苦的阿秀姑娘也动了心思。因为家里穷,没钱治病,母亲已经在病床上整整躺了三年,全靠阿秀上山砍柴维持生计。阿秀听心上人阿水哥说,这次绣魁的赏银有三千两,对于阿秀家来说,这可是一笔巨额财富啊。阿秀可不在乎什么统领江南绣工,她只知道有了钱,母亲的病就能治好。

阿秀去镇上报名的时候,那些富家千金对她根本不屑一顾,因为这些人家平时经常买她砍的柴,所以都认识她。他们想:这穷姑娘也太自不量力了!参加选绣的姑娘哪个没请名家指点过?区区一个砍柴的乡下女孩子,竟也想一步登天?

病床上的母亲也十分担心,对阿秀说:"秀儿,娘知道你是为了这个家,可你整日里在山上砍柴,何曾学过一天的刺绣哇?"

阿秀安慰母亲说:"娘,你不用担心,我心里有底,万一我得了赏银,你这病不就有救了吗?得不了赏银,也没什么坏处。"

母亲想想也是,便随了她。

只有阿水,对阿秀去选绣充满信心。他知道阿秀的心思,所以每次砍柴时他都抢着干活,腾出时间让阿秀在山上练习刺绣。没有绣布,阿水就采来芭蕉叶;没有彩线,阿秀便抽出各种花、各种叶、各种草里的细丝;没有样本,阿水便弄来花鸟鱼虫⋯⋯寒来暑往,阿秀其实暗中已经悄悄练了整整十年。

可问题是,比赛的时候,是不能在芭蕉叶上绣的,而必须用绣布。阿秀家哪有钱买绣布呀?眼看着比赛的日子越来越近,阿秀心急如焚。

不想比赛前一天夜里,母亲把愁眉紧锁的阿秀叫到身旁,指点她打开床边的黑漆木柜,从柜底翻出一块泛黄的白绸来。阿秀知道,这是母亲唯一的陪嫁。

母亲把白绸交到阿秀手上,说:"拿去吧,秀儿!"

阿秀心中一酸,眼泪流了下来,怎么也不忍心接。

母亲却一把把白绸塞到她的手上,说:"闺女,总不能让它跟着我进棺材吧?"

第二天,艳阳高照,是个难得的好日子。按规矩,在一炷香的时间里,参赛者要完成两件绣品。那场面可真是壮观呀,千名绣女飞针走线,争奇斗妍。为了吸引评审官,许多名门千金都打扮得花枝招展,唯有阿秀姑娘穿着打补丁的衣服。

绣到一半的时候,阿秀停了下来,因为她绣的桃花的花蕊部分需要红线,可她却没有,镇上的有钱人早把红线买光了。怎么办?阿绣灵机一动,闭上眼睛,将左手中指咬破,殷红的鲜血渗了出来,她把白线用血染成红色,终于把作品完成了。

参赛者一字排开,手里拿着自己的绣品。三位评审官一路仔仔细细地看过去:荷塘月色、苏堤春晓、仕女出浴、空谷幽兰……可惜这些都没能让他们停下步来,三人边走边摇头叹息:"俗气,匠气!少有灵气啊!"

走到阿秀跟前,三个人却不约而同地停下了脚步。阿秀的作品,是一只威风凛凛的老虎。

三个人看了又看,其中一个评审官严厉地说:"这位姑娘,按照规定,每人要有两件绣品,可你只有一件,这怎么行呢?"

阿秀微微一笑,说:"我家中贫寒,没有第二块绣布了。不过,我没有违反比赛规定,我手里拿的其实是两件绣品。"说完,她把手中的绣布翻转过来,让评审官看。

评审官大吃一惊,绣布的反面居然是满幅鲜艳的桃花!天哪,这是真正的双面绣哇!

吃惊之余,评审官故意苛刻地说:"姑娘,你的技法虽精,但绣品内容太一般了,老虎和桃花,实在没有什么意境可言啊!"

阿秀听了并不答话,径直向场边护卫身旁的狼狗走去。

那些狼狗平日异常凶猛,个个壮得如小牛犊一般,见阿秀向它们走来,都龇牙咧嘴地猛扑上来。众人吓得不敢出声,这时候,只见阿秀不慌不忙地将绣有老虎一面的绣布冲着狼狗举了起来,那些原本耀武扬威的狼狗顿时一个个缩头夹尾,落荒而逃。

接着,阿秀又走到场边的树丛中,将绣着桃花一面的绣布放在树丛上,不一会儿,五颜六色的蝴蝶就翩然而至,越聚越多,盘旋往复。

在场的人都惊呆了，情不自禁地爆发出热烈的掌声。阿秀当之无愧地成为这一届江南地区的"绣魁"，得到了三千两赏银。

可是，还没等阿秀高兴完，披红挂彩的轿子便停到了她家门前。原来，选绣不只是选绣魁，也是为了给皇宫选绣工。

得知这一消息，阿秀追悔莫及，她知道，进了皇宫就等于进了牢狱，一辈子也别想再出来了，她将再也不能照顾病重的母亲，再也见不到心爱的阿水哥了。阿秀哭得肝肠寸断，阿水也急得直跺脚，但胳膊哪拗得过大腿呢？

在一个细雨纷飞的早上，阿秀被带进了皇宫。开始的时候，阿秀很勤奋，她梦想着能得到皇上的赏识，有朝一日能够走出皇宫。但她没有钱去打点，即使绣品再好，也没有机会见到皇上，而且她的绣品还常被人冒名拿去讨赏。

阿秀进宫一个多月后，阿秀的母亲因为思女心切，病情加重，不治身亡。料理完丧事，阿水独自来到京城，为了见阿秀，他竟然冲撞了皇上的龙辇，结果被乱棍打死。

阿秀闻此噩耗，一下子昏死过去，醒来后大哭一场，眼泪都流尽了，最后竟然流出血来。此后，她经常痴痴呆呆的，整日一言不发地缩在墙角里，备受冷落。

又是春暖花开的时节，皇帝要去踏青，吩咐宫中准备相关衣物。任务落到绣房，一向痴呆的阿秀请求把这活计交给她，大家都清楚她是绣魁，手艺没得说，便让她做了。阿秀用了整整七天七夜时间，把龙袍绣得美艳绝伦，最终把自己的眼睛都绣瞎了。

皇帝见到绣房交来的龙袍，很高兴，穿上身，与文武大臣高高兴兴地来到郊外。

那天，天气晴朗，百花争艳，皇帝一出现，连蝴蝶和蜜蜂都来凑热闹。开始大臣们还拍马屁，说皇上出行，万物都受宠若惊。但事情却越来越不妙，蜜蜂越来越多，黑压压的像乌云一样，全往皇帝身上落,霎时间,皇帝竟成了个"蜂人"。

皇帝自小娇生惯养,哪里受过这个,忙挥手去拍。这一拍不要紧,却惹恼了蜜蜂,它们纷纷将毒刺进皇帝的身体。结果,皇帝被蜇成了"馒头",不治身亡。

等那班文武大臣醒过神来,发现问题出在衣服上,可再回头找阿秀,她却不见了踪影。大家都很奇怪,一个瞎眼人,能跑到哪里去呢?后来有人说阿秀死了,也有人说阿秀出了家……

（芙　韬）

（**题图**:黄全昌）

母亲，一个共同的名字

原始森林边缘有个小村庄，住着一个叫巴兹的男人，以偷猎为生。

一天，巴兹潜进森林深处，突然看见从旁边草丛中蹒蹒跚跚地钻出一只白虎的幼崽，冲他"嗷嗷"地直叫唤。巴兹喜出望外，蹿上去一把抓住小白虎，装进布袋，飞一般地回头就跑。

这时候，正好母白虎叼着一只獐子回来，它不见了小白虎，又闻到有生人的气味，丢了獐子就循着气味朝巴滋追来。

此刻，巴兹已经一路狂奔到了河边。只要过了河，母白虎就闻不到他的气味了，于是巴滋一头扎进河里，一口气游到对岸。可是上岸一看，才发现布袋中的虎崽却已经被河水溺死了。巴滋心里一"咯噔"，再回头一看，没料那母白虎竟追过河来，他吓得连忙把死虎崽扔下，慌忙往自己家里跑。

再说那母白虎追上岸，看到自己的宝贝已死，愤怒地发出了一声惊天动地的悲啸，随后，追着巴兹就进了村庄。丧子之痛让母白虎简直发了疯，它长啸着，奔跑着，在村子里见村民就追，见活物就咬，吓得大家四处逃窜。

突然，母白虎看见了巴兹，巴兹正领着老婆，老婆的手里还抱着才三个月大的儿子，母白虎一声怒吼，扑了上去。巴兹的老婆吓得脚一软，跌倒在地上，怀中的儿子脱手滚了出去，顿时"哇哇"大哭起来。

巴兹的老婆惊叫一声，连忙扑过去，想抱起儿子。但母白虎比她动作更快，"呼"地蹿上去，张开血盆大口就朝她地上的儿子咬去。

巴兹一看儿子保不住了，便冲老婆喊："快逃！"可巴兹的老婆却突然不知从哪来的勇气，猛地从地上爬起来，一边不顾一切地向母白虎冲过去，一边凄惨地大叫："不要啊，不要！那是我的儿子啊！"

母白虎愤怒地抬起头，狠狠地盯着她，那张开着的血盆大口，随时都会将她儿子吞没。

巴兹的老婆突然像疯子一样撕扯掉自己的衣服，袒胸露乳地跪在母白虎面前，双手合十，泪流满面地祈求道："求求你，不要伤害我的儿子！求求你，不要伤害我的儿子……"

她的这一举动，来得那么突然，那些四散奔逃的村民全都看得目瞪口呆，他们停下了脚步，甚至忘了逃命。

母白虎似乎也被这个女人出人意料的举动怔住了，它看着这个赤裸着上身的女人，看着她饱满的双乳正一滴一滴地滴着芳香的乳汁，看着她泪流满面的脸和恳求的目光，再看看躺在地上随时都会被自己的利齿结束的小小生命，居然没有再咬下去。

时间仿佛停滞了，天地间仿佛只剩下孩子的哭声和女人的祈求声。

这时候，从人群中又走出一个女人，也撕扯掉自己的衣服，祖露着最神圣的母性，跪在巴兹老婆的身边，双手合十，恳求地望着母白虎，口中喃喃地祈求道："请不要伤害这个孩子！求求你，请不要伤害这个孩子……"

与此同时，更多的女人从人群中走出来，跪在母白虎面前，祈求它，不要伤害这个孩子……

就在女人们真诚的祈求声中，只见母白虎慢慢地后退，后退……突然间，它仰天发出一声震撼人心的悲啸，然后猛地转过身去，一路狂奔，消失在莽莽苍苍的原始森林中……

也许是冥冥之中女人的诚意感动了母白虎；也许是因为虽然是不同的生灵，但她们都是母亲，那种上天赋予的母性，使母白虎突然改变了主意。

母爱有情，它使所有的生命都充满仁慈。

当母白虎消失在莽莽森林中的时候，巴兹的老婆抓住巴兹又撕又扯，又咬又骂："你不是人，你不是人！你连禽兽都不如……"

巴兹悔恨难当，"扑通"一声跪倒在地，向母白虎远去的方向，一遍一遍地磕头。

（谭文春）

（题图：安玉民）

两条尾巴的狗

城西新开了一家酱肉铺,铺子门口竖着一块大招牌,上面写着八个醒目的大字:祖传名吃,宫廷珍品。这年头谁不会吹呀,光这几个字就想把顾客招了来? 做梦! 酱肉铺的主儿憨二本来就是个憨实人,生意一冷清,那两片厚嘴唇里就更吐不出一个字来。

这天,酱肉铺门口来了一只狗,样子跟其他狗好像没什么两样,就是右腿根上多长了一条小尾巴,有路人走过的时候,它的小尾巴会随着大尾巴一起摆动。

大概是憨二铺子里的酱肉香味儿把它引了来的,那狗在憨二的铺子门口卧了一整天,逢上憨二正好瞧它一眼的时候,它就讨好地朝憨二摇摇它的两条尾巴,于是收摊的时候,憨二就丢一块酱肉给它。

没想第二天,这长着两条尾巴的家伙又来了,来得比憨二还早,而且从这以后天天如此。憨二心想:也罢,反正铺子里的酱肉天天不过夜,自己又能吃多少?于是收摊的时候留下自己晚上吃的,剩下的统统都喂了这条狗。

时间长了,看见的人都说憨二是憨到家了,白拿酱肉喂野狗。可谁料此举反倒是替酱肉铺做了活广告:天天卖新鲜出炉的酱肉,这么实在的肉铺,谁还信不过?酱肉铺的生意于是就渐渐红火起来,到后来,连城东的人也愿意多跑几里路,到城西来买憨二的酱肉,顺带着看看那条长着两条尾巴的狗。或者说,是特地来看看长着两条尾巴的狗,顺带着来买一点憨二铺子里新鲜出炉的酱肉。

憨二的生意越做越大,雇上两个人也忙不过来,而且每天出炉的酱肉还不够卖。不过越到这种时候,憨二越是每天把给狗吃的那份酱肉留着:铺子的生意是靠这条狗发起来的,再怎么着,哪怕得罪了买家,也得把狗喂饱。

就这样,憨二靠这两年挣下的卖酱肉钱,后来在城中的热闹地段盘下房子,开起了"憨二熟食店"。熟食店开业那天,店门口张灯结彩,锣鼓喧天,左邻右舍,上上下下,来送花篮贺喜的还真不少。

那狗自然不知道是怎么回事,还在城西老地方找憨二的酱肉铺子,找啊找啊,足足找了两天,终于凭它灵敏的嗅觉,找到城中心来了。它在熟食店门口转了两圈,一看到憨二熟悉的身影,立刻就撒开四蹄奔进店来,像久别了的亲人一样围着憨二直摇尾巴,使劲儿地舔憨二的鞋子。

憨二不由皱起了眉头:我现在在城中心开店,做生意今非昔比,再这么让一条野狗随便在店堂里出出进进,总不太好吧?他朝伙计们一抬眼:"去,拿块酱肉给它,喂饱了就把它赶出去。记住,以后不许它再进门,现在我们是门店经营,不能让这条野狗坏了我们的门风。"

于是,就有一个小伙计把那狗引到店堂后面,拿了一块大大的酱肉给它。谁知那狗也是"人来疯",大概是看今天这么热闹的场面,三口两口把酱肉吞下肚之后,居然就在店堂里撒起欢来,把人家来贺喜的花篮都碰倒了一大片,小伙计怎么赶也赶不走它。

这下可把憨二气坏了:"这个不知好歹的畜生,给我狠狠打出去!"

伙计们一看老板发号施令了,抡起木棍就涌了上去。

一开始,那狗还不知情,等明白过来是怎么回事的时候,它就一边叫一边用求助的眼光看着憨二。谁知憨二毫不理会,操起一根捅炉子的铁条,照着狗的那一双哀怜的眼睛就捅了过去。那狗一声惨叫,这才夹着尾巴跑了。

憨二对伙计们交代说:"以后它再来就再打,反正是野狗,打死也不犯法。"

知道的人都说:"其实憨二不是真憨,是狗不识时务。"

憨二撇撇嘴:"这世道,谁比谁傻? 都能着哩!"

那狗后来就成了瞎了一只眼睛的独眼狗,可它似乎并不记恨憨二,虽然不敢再进憨二的熟食店了,可总是远远地在店门口徘徊。有时候望着店里进进出出的顾客,见到模样不善的,还会发出低低的嗥声,好像在警告他们不要在店里捣乱似的。逢上憨二出门了,那狗一准晃着两条尾巴远远地跟在后面,好像在替憨二做保镖似的,回回让看到的人感叹不已。

老话说,天有不测风云,人有旦夕祸福。憨二的熟食店红火了没多少日子,没料一天夜里突然起了大火,浓烟滚滚,当时店里的伙计们都只顾自己逃命,憨二偏偏那天酒喝多了,摇摇晃晃地在店堂里打转,最后一屁股瘫在地上,眼看着就要被熏死。不知怎么,那狗就闻声赶到了,它低嗥着在店门外转了好几圈,然后瞪着那只独眼,不顾一切地冲进店堂,扯着憨二的衣袖就把他拖出店门外,而它自己那只瞎眼,却被一块从门梁上掉下来的火团烧成了焦糊状。

人们都为这条狗对憨二的忠义感叹,有人指着憨二的鼻子问:"狗还知道滴水之恩当涌泉相报呢!看你今后怎么待它?"

憨二茫然地看着大家,他心想:总不至于把这条狗像请贵宾一样请回来,端坐在店堂里吧?那还是什么狗,不成爷了?可再想想,还让它蹲在店门口也不是回事啊,旁人还不把自己的脊梁骨给戳了?

想来想去,憨二决定索性还是像过去一样,每天关店门前扔一块酱肉给它,反正自己现在生意做大了,每天也不在乎这一块肉。

憨二把给狗喂酱肉的事交给伙计去办。

那狗依旧每天来憨二的熟食店,睁着一只独眼,静静地伏在离店堂不远不近的地方;见到憨二时,依然是一副很亲热的样子,不住地摇晃着它的两条尾巴。不过它的眼睛从那以后就一直没有好过,不是流脓就是流血,招来很多苍蝇,还散发着一股臭气,很可怜的样子。而且,那狗居然对伙计丢在它面前的酱肉嗅也不嗅。

来来往往的人看到这情景,便开始骂起憨二来,说他一发财人就变,连狗都不如。人们反感了憨二,就不愿再到他的店里来买酱肉,憨二的熟食店生意渐渐冷落起来,最后连伙计也雇不起了,房租也付不出了,只好关门走人。

关门那天,除了憨二自己外没有一个人来,只有那狗伏在那里,一动不动地看着他。憨二瞪眼瞅着那狗,心里恨恨地说:都是你这个畜生,害我关了店门。他真想冲上去一脚把那狗踹了,只是碍着众人的眼,不好下手。他不想再看到那畜生了,狠狠地朝它吐了口唾沫,随后扭头就走。

　　但是那狗依然对憨二表示着亲热,欢叫一声,摇着两条尾巴跟了上去。

　　憨二走出好长一段路,发现那狗依然跟在他后面。想起当年开酱肉铺的情景,憨二心里突然就有些感慨起来:"你倒还真是个有情有义的畜生啊,还这么跟着我?唉,都说狗眼看人低,我看是人眼看狗低啊!好吧,要跟你就跟吧,以后有我一口吃的,就少不了你!"憨二一边说着,一边就蹲下身子,把狗唤到跟前,感慨着把它抱到自己怀里。他想:自己是该亲热亲热这条狗了,是该认真看看这条被自己捅瞎了一只眼睛的狗了。

　　可是,就在憨二很有感慨地把脸凑上去想和狗亲热的时候,那狗突然就对着憨二的大鼻子猛咬了下去。憨二疼得哇哇大叫,那狗一看,摇晃着两条尾巴,一蹦三跳地跑远了……

(文兴传)

(题图:魏忠善)

恩 怨 仁 慈

在这个世界上,最无聊的事是贪
婪、纵乐和炫耀,而最有意义的是宽
容、柔和和慈悲心。

麂子报恩

　　罗鸣的父亲叫罗达生，是雪峰山林场的护林队队长，因长年累月在山里护林，不但练就了一手百发百中的枪法，而且也练就了一身虎胆。24岁那年，他一个人在林中巡逻，竟打死了一头300多斤的野猪，至今仍被传为佳话。

　　放寒假的第二天，罗鸣为减少父亲的寂寞，就上雪峰山陪他来了。罗达生见到儿子，心里十分高兴，许诺次日就到林子里打些野味给他尝尝鲜，罗鸣听了，一蹦三尺高，兴奋得彻夜未眠。

　　第二天蒙蒙亮，罗鸣就起床了，推开门一看，只见漫山遍野白茫茫的，原来，昨晚下了一场大雪。父亲告诉他，下雪天更是打猎的好机会，今天出猎，一定会有收获。

　　早饭后，罗达生去准备弹药，罗鸣换好了行装站在门边等待。这时,他忽然看见离木屋不远的山坡上,有一只山羊似的小动物,立即叫父亲快来看。罗达生提着猎枪走过来,一看,原来是一只麂子,正昂头望着他们。麂子虽然听到了罗鸣的叫喊,但并不畏惧,站在原地一动不动。罗达生将儿子拉到一边,迅速端起猎枪,推弹上膛,瞄准了麂子,正欲扣动扳机,不料麂子跳上了山坡,眨眼不见了。罗达生见送上门来的麂子跑掉了,哪肯放过,箭一般朝麂子逃跑的方向追去,罗鸣也好奇地紧随其后。父子俩追到麂子刚才站立的地方,看见麂子的脚印朝雪峰山的主峰方向去了,父子俩没有停顿,顺着脚印继续向前追赶,翻过一座山梁,看见麂子又站在 200 米外的一块石头上,回头望着他们父子俩。罗达生迅即举枪瞄准,谁知枪管刚刚端平,麂子猛转身向前一蹦,又消失了。如此反复了三四次,罗达生始终没有开枪的机会,累得罗鸣上气不接下气,渐渐跟不上父亲了。

罗达生只好放慢了脚步,顺着麂子的脚印往前走。他发现雪地上这只麂子的脚印有些蹊跷,两行脚印,一行向南,一行往北,脚印一样大,一样深,他判断是同一只麂子。他寻思,我打过的猎物不在其数,尤其是麂子,特别精灵,从来没有遇到这么笨的家伙,引着猎人去捣它的巢穴。正当这时,罗鸣兴奋地叫了起来:“爸爸,快看!麂子又在前边回头望我们了!”

罗达生抬头一看,果然如此,那麂子在相距不到 200 米处的一棵古松下回头观望。这次罗达生吸取了前几次的教训,故意装作若无其事的样子慢慢往前走,走到一棵大树下,突然以迅雷不及掩耳之势单手举枪扣动了扳机,随着一声枪响,只见麂子朝后跌倒在雪地上。罗达生正欲开第二枪,又见麂子一跃而起,一跳一跳地钻进松林,又不见了。

罗鸣见状,一身疲劳顿时飞到了天外,拍着冻得通红的双手喊道:“打中了!”父子俩加快脚步,朝前追去,穿过松林,爬上一道高坡,顺着点点血迹,来到了主峰的一根电杆下。

电杆下的情景让父子俩惊呆了,只见一个人背风靠在电线杆下,耷拉着脑袋,积雪几乎将他掩盖了,他双眼紧闭,眉毛和胡子上都结满了冰凌疙瘩,如一尊雪人。麂子躺在雪人的身边,后腿上的鲜血染红了一片雪地,干瘪的肚子随着急骤的呼吸一起一落,一双惊恐的眼睛望着步步逼来的罗达生父子。

罗达生见状,首先想到的是救人,没去理会麂子。他对着雪人吼了两声,雪人像没长耳朵,毫无反应。他走近雪人一摸,全身都冻僵了,只有胸口还有一点余热。他迅速拂去雪人身上的冰雪,想把他抱起来,谁知雪人的双脚已经和地上的冰雪冻结在一起,像生了根的树木,纹丝不动。罗达生用枪托将雪人脚下的冰雪砸碎,罗鸣用冻红的双手刨开冰雪雪花,忙活了一阵子,终于把雪人移动了。罗达生把猎枪交给儿子,自己背起僵硬的雪人,马不停蹄地返回了木屋。罗鸣生柴火,罗达生给雪人换上了干衣服,又给灌了姜汤水,到了中午时分,雪人终于醒过来了。

雪人叫张大昆,是山那边邮电所的外线维修工。昨天下午由于风大,山上的电话线被刮断了,张大昆立即上山抢修。当他爬上电线杆接好线头以后,忽然起了一阵狂风,将他从6米多高的电杆上吹下,当即昏了过去。待他苏醒时,天已黑了,他想站起来往回走,谁知右腿胫骨已经折断,根本不能动弹。他忍着剧痛爬到电杆边坐下,打开手机想和所里联系,可这里竟是"盲区",真是喊天天不应,呼地地不灵。半夜里,天上又下起了鹅毛大雪,张大昆又冷又饿,渐渐地便失去了知觉,后来就什么也不知道了。

罗达生立即用电话和场部取得联系,很快,场部派人将张大昆抬下山,送进了医院。

张大昆一走,罗达生这才想起那只受伤的麂子。他嘱咐罗鸣在家呆着,独自一人去把麂子扛回来,准备美餐一顿,谁知罗鸣不肯停下,非要与父亲同去不可,罗达生只好点头同意。大约一袋烟工夫,他们赶到了峰顶的那根电线下,受伤的麂子仍在原地未动。由于失血过多,连头也抬不起来了。听到"咔嚓咔嚓"的脚步声,麂子有气无力地睁开了泪盈盈的双眼。罗达生见麂子还未断气,便推弹上膛,将枪口对准了它。"爸爸!"罗鸣大喊一声冲了上去,罗鸣双手将枪管托起,"砰"的一声,子弹飞上了天。罗达生正想责备儿子,罗鸣含着眼泪说:"爸爸,求你别打死它了,要不是它引路,张叔叔早就冻死了。"

罗达生经儿子一提醒,立即放下了猎枪。他也觉得这只麂子挺奇怪,为什么偏偏跑到我的小木屋边来?我们追赶它时,它为什么不逃之夭夭,而是和我们始终保持一段距离,让我们看得见它?尤其令人费解的是它受伤之后,不逃往别处,偏偏倒在张大昆身边?要不是它引我们到这里来,张大昆真会冻死在这里呢。想到这里,他把猎枪交给儿子,慢慢地走到麂子身边,爱抚地摸了摸它的脑袋,又查看它后腿上的伤口,他见麂子没有恐惧感了,就将它抱起往回走。罗鸣见状,以为父亲是把它带回去宰杀,立即拦住:"爸爸,我不想吃麂子肉,你放了它吧。"

罗达生笑道:"你放心,我不会再伤害它,是抱回小屋给它治伤的。"父子俩回到小木屋,又是给麂子敷药治伤,又是给它喂汤灌水,还用稻草给它做了一个软软和和的窝。麂子见他们父子俩这么友好,也就顺从地任他们摆布。

经过一个月的精心喂养,麂子的伤口痊愈了。开春那天,罗达生将它放归了山林。奇怪的是,当罗达生傍晚回来了,这只麂子带着一只小麂仔儿早已等在他的木屋门口了,撒着欢儿和他亲热。以后,每隔三两天,这两只麂子就会跑来看他。

一个风和日丽的春日,张大昆伤愈了,他特地买了一些礼品,上雪峰山感谢罗达生来了。罗达生风趣地说:"大昆呀,你是蚊子咬菩萨,找错了对象,救你性命的不是我老罗,而是那只受伤的麂子啊。"说罢,罗达生走出木屋,朝北面竹林里吹了三声口哨,哨声刚落,只见一大一小两只麇子从竹林里钻出,朝木屋飞奔而来,围着罗达生身边撒欢。忽然,那只大麇子又来到张大昆面前,围着他嗅了一圈儿,然后,像一支离弦的箭直奔竹林而去,不大一会,它叼着一件衣服回来了,仰着头径直送到张大昆面前。张大昆一看,正是他去年盖在小麇子身上的那件衣服,便激动不已地说:"就是这只麇子,没错! 就是这只麇子。"罗达生听了丈二和尚摸不着头脑。

张大昆摸了摸麇子的头,向罗达生讲述了一个故事:

去年深秋的一天,张大昆上雪峰山检修线路,当他进入北坡竹林时,听到了一声声麇子的哀叫。他觉得奇怪,便离开大路,朝竹林深处寻去,结果发现一只肚皮圆鼓鼓的麇子落了猎人的陷阱之中。麇子见来了人,急得在陷阱里乱蹿,碰得遍体鳞伤。乱蹿了一阵以后,没有跳出陷阱,已经精疲力竭了,它想末日已经来临,就无可奈何地躺倒在阱底,圆鼓鼓的肚皮剧烈地起伏,睁着一双恐惧的泪眼望着张大昆。

按照山里的规矩,在猎主到来之前,凡捕捉陷阱里的猎物者,可分享一腿猎物的肉。张大昆想:妻子正在坐月子,现在将这只麇子打死,就可以割下一腿麇肉拿回去,让妻子补身子。他说干就干,从工具袋里拿出一根爬电杆用的粗麻绳,在一端拴了一个绳套,准备套住麇子的颈部往上一拉,将它吊死。正当他准备往下扔绳之际,只见麇子的尾部冒出了一股殷红的鲜血,紧接着又冒出一个小小的脑袋,原来这只麇子已经产仔了。见此情景,张大昆马上想到妻子临产时痛苦的神情,他犹豫了。如果捕杀了这只母麇,麇仔也会死去,等于杀害了两条性命,岂不太残忍了? 想到这里,他立即改变了主意。待母麇顺利产下幼仔以后,他用粗麻绳系在腰上,另一端系在陷阱边的一根竹子上,慢慢滑到了陷阱底部。

母麇见状惊恐万分,想做垂死挣扎,谁知心有余而力不足,刚刚站起,四条腿一软又躺倒了。张大昆为消除麂子的敌对情绪,友好地反复抚摸母麂的脑袋,然后又用螺丝刀在阱壁上挖了几个踩脚的窝窝,费了九牛二虎之力,先后将两个麂子托出陷阱。这时,天下着大雨,张大昆唯恐麂子母仔受凉,将它们送到附近的一个山洞里,脱下工作服盖在母仔身上,又从工具袋里拿出两个面包,摆在母麂面前,然后披上雨衣查线路去了。第二天,他又从原路返回来到山洞时,两个麂子已不知去向,面包和衣服也不见了。

张大昆讲罢,感慨万分地说:"麂子这么通人性,真是千古奇闻呀。"

麂子知恩报恩的故事传开以后,这里的猎人谁也不愿再捕麂子了。没几年的工夫,雪峰山便成了麂子的王国。

(吴尚平)

(题图:魏忠善)

鹿柏的传说

　　北京太庙里，一千多棵古柏郁郁葱葱。古柏中有一棵形状特异，像一头奔跑中蓦然回首的梅花鹿，人们管它叫"鹿柏"。说起这棵鹿柏，有一段神奇的故事。

　　当年，有一个小太监，名叫李九儿，老家是河北河间府的，九岁净身入宫，被派到太庙驻守。正是天真烂漫、贪玩好奇的年龄，被关在这阴森的太庙之中，真是如坐牢一般。但高墙隔不了天性，这九儿干完活，百般无奈，就抓个蚂蚱，逮个蛐蛐儿，挖点野菜，采朵野花，不仅自己解解闷，也让那些老太监开了心。所以大家都十分喜爱这个聪明伶俐的小小子。

　　再说这太庙祭祖，作为祭品摆在贡桌上的动物，叫作"牺牲"。这些动物，平时都圈养在北京南苑水草丰美的海子旁边，到了皇帝祭祖的前十几天,才从神厨门把它们运到太庙里一个叫"牺牲所"的地方,先圈养清洗几天,然后在"打牲亭"用大木锤猛击这些动物的头,打死以后再屠宰,再送到神厨,制成祭品。

九儿除了打扫院子,还有一个活儿,就是和老太监刘福喂养这些没多少天活头的牲口,九儿管刘福叫福爷。九儿把这些牲口当伴儿,一有空就和它们说说话儿,给它们洗毛抓痒,牲口们都通人性,当它们被赶往牺牲所的时候,都默默地向九儿流泪告别,九儿也抹着眼泪,不敢出声。九儿从来不去打牲亭看宰牲口,每当那里传来牲口临死前裂人心肺的嘶鸣声时,九儿就捂着耳朵闭上眼睛,蹲在墙旮旯发呆。

太庙每年春夏秋冬和年底要大祭五次。这几天,离秋天大祭的日子又不远了,九儿怜惜地给刚选进来的牲口刷毛,当他给一头母鹿刷毛时,觉得这头鹿特别肥,肚子圆滚滚的,不由嘴里叹一声:"肥,也得挨一刀。"

吃晚饭的时候,九儿把那头母鹿的事跟福爷说了。福爷有经验,一听就觉得蹊跷,到了晚把晌儿,福爷带着九儿点着灯来到鹿圈,找到那头母鹿。只见那头鹿不肥了,干草地上却多出了一只小鹿羔,是刚生下来的,已经从地上站了起来。福爷大惊,惊的是鹿下崽见了血,按当时宫里的说法,乃是不祥之兆,所以千万不能让上面知道,否则,鹿圈养鹿的、送鹿的都要杀头,连他们爷儿俩也得落个知情不报的罪名。

只听福爷低声对九儿说:"赶紧把地上清干净喽,铺上新草,给母鹿擦干身子,把小鹿羔子找个草棵子挖坑埋喽。"可九儿一听就急了,看着那活泼可爱的小鹿钻到母鹿肚子下去吃奶,短短的毛还湿漉漉的,大大的眼睛挺有神儿,他推推福爷,反问道:"这么好的小鹿,养着不好吗?为什么活埋了?我不!"福爷叹了一口气,说:"唉,傻小子,你哪知道宫里的规矩,这事要让太常寺知道了,鹿圈养鹿的人不说,咱俩也得倒大霉。"

九儿还是不干。这孩子从小就是个犟脾气,眼看着活蹦乱跳的牲口一个个无辜地死了,如今连这小鹿刚一落地就得弄死,真是太残忍了。于是他苦苦地哀求福爷,说要偷偷地养着这头小鹿,反正平时没有人到太庙来,等养大了即使再做牺牲,也算活了一遭,总比一落地就活埋好得多。

福爷一直把九儿视同自己的孙子,特别疼爱他,他自己当太监绝了后,这九儿就补了他心里的缺,这真是一种特殊年代特殊环境里的特殊关系。现在,他看到九儿执意要留下这头小鹿,思来想去心一横:也罢,咱就留下它吧,也算行个善事!不过,一要喂好,二要藏好。得到福爷的同意,九儿高兴得一蹦老高,爷儿俩连夜在草深僻静的地方用树枝给小鹿搭了一个圈,偷偷地养了起来。

过了几天,鹿妈妈被送进宰牲亭一命归西,临走的时候,拼命回头望着九儿,眼睛里流着眼泪,好像是在默默地托付九儿照顾小鹿。于是,九儿对小鹿更尽心了,他省下自己喝的粥和馒头,再和些新鲜的野菜,偷偷地喂养它,还给它起个名字,叫"十儿",小鹿就如同是自己的小弟弟一样。

光阴似箭,日月如梭。随着时间的推移,十儿渐渐长成了一头高大健壮的梅花鹿,头上那小鼓包似的鹿茸渐渐长成了分叉的犄角,真是威武,福爷和九儿常偷偷地和它玩,心里真是快乐极了。

转眼到了来年年底,大祭的时候,乾隆皇帝由王爷陪同,在浩浩荡荡的仪仗簇拥下,来到太庙。正在行大礼之时,鼓乐大奏,不仅惊起了太庙里柏树上的小鸟,而且使十儿受到惊吓,它东撞西撞,原本不怎么结实的树枝搭起的栅栏,被长成大鹿的十儿撞开了,于是它一下子就冲出栅栏,冲过琉璃门,一直冲到大殿院的空场上。这时候,仪仗队伍已经被冲乱了,祭祀秩序大乱,连乾隆皇帝也不知出了什么事,一边慌忙进入大殿躲避,一边喝令御林军立即平息骚乱。

经过一阵驱赶,十儿调头往回跑,跑出大殿院,又跑过大戟门、琉璃门,最后进入一片种着柏树的草丛中,惊魂甫定地站在那儿张望。正在此时,一名御林军搭弓射箭,"嗖"的一声,利箭从鹿的左后身斜着射入,只听得轰然一声响,闪出一片金光,照得众人睁不开眼睛。待到再睁开眼睛时,只见十儿已化作一棵柏树,树身上还插着那支利箭。众人一见大惊失色,御林军首领立即向乾隆皇帝报告,说刚才不知从何处跑过一只鹿,现被射中,已化作一棵柏树,请皇上下旨将这棵柏树砍成碎片,以惩其惊驾之罪。

乾隆皇帝一听:竟然有这等事?于是下令:"且慢动手,朕要亲自去看一看。"乾隆皇帝率众王公在御林军首领的带领下,来到鹿化作柏树的地方。咦,树呢?仔细一看,原来此时鹿柏上下已经落满了仙鹤,有的引颈长啼,有的振翅欲飞,也有的在旁边悠闲漫步。

乾隆皇帝和众人都看呆了。乾隆皇帝说:"此乃天意,鹿化为柏,柏上栖鹤,是鹿鹤同春的吉兆,想必大清过了严冬,明年定是好年景啊!"于是亲赐"鹿柏",向它拜了三拜,并命看庙太监仔细养护。

在远处早已吓得战战兢兢的福爷和九儿,终于躲过了一劫。

如今这棵鹿柏栉风沐雨,依然苍翠茂盛地屹立在太庙西侧,只不过身上的铁箭早已朽烂了,留下一个疤痕。

(贾福林　搜集整理)

(**题图**:黄全昌)

黄知县的枕头

清朝时候,一年夏天,河北一个县城新到任了一位姓黄的知县。

一天,黄知县微服私访,在集市看到有个卖彩绘瓷枕的铺子,铺子里摆放着各种各样的瓷枕头,黄知县拿过一对虎形枕头,见形象逼真,活灵活现,于是反复把玩,爱不释手。

就在这时,店主从内屋走了出来,黄知县一看,不觉暗暗称奇:这人好像在哪里见过,有点面熟呀? 店主自称姓李,是个窑匠,平时自己烧些瓷枕,放在铺子里卖。黄知县和李窑匠聊了一会儿,便挑了一对虎形瓷枕,给了钱,就转身走了。

黄知县回到县衙,顺着虎枕上的小孔,往里灌凉水,枕着它睡觉,实在舒服。平时,他就把虎枕放在书案上,时不时地观赏几眼。

又是一年的夏天,黄知县正在批阅公文,忽见一只老鼠溜上书案,黄知县一急,用手将书案上的一只虎枕往前一推,想把老鼠挤死,哪知用力过猛,只听"啪"一声,老鼠被挤死了,可那瓷虎枕也成了碎片。

黄知县看着碎了的虎枕,心疼不已。他正心疼着,忽见一块碎片上刻着八个字:挤鼠而碎,见金生祸。黄知县不由惊讶地睁大了眼睛,随即拿起案上的一块砚台,将另一只虎枕击碎。一看,他更是发了呆!谁知这枕上也是八个字:遇砚而碎,得玉起狱。黄知县顿时倒吸了一口凉气,两只眼睛直勾勾地看着书案上放的一个黄绸小包,浑身冷汗直冒。

这黄绸小包里包的是五十两黄金和一对翡翠玉镯,这是今天一个茶庄老板送来的,这老板的儿媳昨晚不明不白地死了,儿媳的家里把状纸递到县衙,茶庄老板便送来黄金、玉镯打点。黄知县正在为这事踌躇,现在见碎了的瓷片上有"见金生祸"、"得玉起狱"这八个字,顿时吓得冷汗直冒,于是当天就把东西退给了茶庄老板。

第二天,黄知县派出得力捕头暗中查访,三天后便案情大白:那个茶庄老板对美貌的儿媳一直心存歹念,那天晚上,儿子不在家,他便想乘机凌辱,不料儿媳不从,扭打之中便将儿媳扼死了。于是,黄知县命衙役将茶庄老板抓获收监,秋后便问斩了。

自从出了这事后,黄知县心里暗暗猜想:神,真是神!看来这个李窑匠不是凡人。于是这天就差人下帖请李窑匠。

两人分宾主坐下后,早有仆人送上酒菜。黄知县给李窑匠斟上酒,笑吟吟地说:"我怎么总觉得以前好像在哪里见过你?"

李窑匠笑着直摇头,说:"大人说笑了,小民和大人素昧平生,大人怎么会见过小民呢?"

酒过三巡,黄知县又开口了:"上次我在你铺子里买了一对虎枕,不小心打碎了,我想求你再烧一对给我。"

李窑匠一口答应:"承蒙大人看得起!小民一个月以后一定给大人送来。"

李窑匠说到做到,一个月之后果真给黄知县送来一对虎枕,枕上的老虎神态逼真,虎虎生威,黄知县十分喜欢。

黄知县有位好友姓周,是邻县的知县。这天,周知县来访,酒席之间,黄知县拿出这对虎枕炫耀了一番,又把李窑匠说得神乎其神,周知县听了十分惊讶。散席后,黄知县送走客人回来,突然发现那对虎枕不见了,只见书案上放着一张纸条,上面写着:借虎枕赏玩几日,一定奉还。看那笔迹,留字条的就是周知县。

黄知县急得连声嘀咕:"这是我的宝贝,我怎么能离开它呀!"他当即让仆人陪同,出城追赶。好在周知县没有走远,不久就追上了,黄知县说明情况,周知县只得归还虎枕。

黄知县叫仆人用布将这对虎枕包妥,系在自己腰上,然后急急赶回。哪知半路上一匹惊马撞了黄知县,只听"啪"一声,一只虎枕被撞了个碎。黄知县惋惜不已,捡起地上的碎片,一看,一块碎片上刻着两行小字:"此枕惊马碰击而碎,彼枕陪大人而终。"黄知县以为是自己眼花了,擦擦眼睛再细细端详,一字不差!他摸了摸剩下的那只虎枕,感叹着回了县衙。

从此,黄知县看到虎枕就想到李窑匠,就想到先前那对碎了的虎枕上写下的字,他为官三十年,从县官一直做到巡抚,从未生过一点贪念。六十二岁那年,他卸任归乡,路上经过当年当知县时的那个小县城,想去看看李窑匠,不料那个卖瓷枕的铺子早就不在了。向周围人家打听,邻居们说了这样一件怪事:那个李窑匠来得怪,去得也怪!黄知县到这里来上任的时候,他来了;黄知县调任离开这里,他就走了。

黄知县听后越发疑惑了,但也弄不明白是怎么回事。他回到家乡,有一天去清凉寺进香,踏进寺门,望着大殿里菩萨的塑像,他惊呆了:这菩萨的面容,分明就是李窑匠呀!看到这里,黄知县不由想起了一件往事:当年进京赶考,父亲陪着他来清凉寺,当着菩萨的面,父亲要他立下誓言:今生为官,一世清廉。黄知县顿时心潮澎湃,感慨万千,他终于明白了一切。

据说,黄知县为官一生清正廉洁,死后,只有一个虎枕陪葬。

（郑锦扬）

（题图:黄全昌）